ピョートル大帝のエチオピア人

アレキサンダー・プーシキン

（一八二七～二八）

安井《やすい》祥祐《しょうすけ》◎訳

ピョートル大帝のエチオピア人（一八二七—一八）

アレキサンダー・プーシキン

1

ロシアはピョートルの鉄の意思で変わった　ヤージュコフ
私はパリにいる、私は生き始めたのだ、ただ息をしているだけではない
ドミートリエフ「旅行雑誌」

ピョートル大帝が国の変革期に必要とする若者を外国で知識を学ばせようと派遣した者の中に、洗礼の名付け親となってやった黒人のイヴラーヒンがいた。彼はパリの陸軍士官学校で教育を受け、砲兵大尉で卒業し、スペインとの戦争で功績をあげたが重傷を負ってパリに帰ってきた。

皇帝は多くの仕事をかかえながらも、寵臣イヴラーヒンの動向に常に気を配り、

彼の成長ぶりやその行動についてお世辞まじりの説明を受けていた。ピョートルはそれに満足して喜び、ロシアに帰ってくるようにすすめた。

しかしイヴラーヒンは急いで帰ろうとしなかった。いろいろな理由をつけ手紙を書き、あるときは受けた傷のことで、あるときは自分の教育をまっとうしたいとか、又あるときはお金がないとかあらゆる言い訳を書いたが、ピョートルは、その熱心な勉学態度を喜び、自分の出費についてはいたって倹約家であったが、彼に対しては金をけちらず、その望みに応じ、「体に気をつけるように」と金貨を添えて父親のような忠告と注意深い訓戒をつけて手紙を送った。

あらゆる歴史的伝承を検証しても、その時代のフランスは、軽薄で、愚劣で、ぜいたくさでは他の時代とは較べようもなかった。

ルイ十四世の治世は敬虔で、重厚で、宮廷の行儀作法が行きとどいていたのに、そんな形跡は何一つ残っていなかった。[1]オルレアン公は人の言うことをよく聞き、すぐれた人材をまわりに集めていたが、不幸なことに何ごとにつけてもあけっぴろげで、偽善の影すらもちあわせなかった。

パレ・ロワイヤルでの乱痴気騒ぎはパリでは知らぬ者はなかったし、その風潮はずっと伝染していった。

この時代をジョン・ロー[2]が代表しているが、金銭の貪欲さを快楽と気晴らしに飢えた風潮と合体し、財産は浪費され、道徳は地におち、フランス人は笑ったり、金勘定に走ったり、王国は落語の寄席のように、そのおどけを繰り返してばらばらになっていた。

一方、社交界は娯楽が最高潮に達していた。文化や娯楽はあらゆる階層を一つにした。富、社交、名声、能力、そして風変わりな行いすべてが好奇心の対象となり、あるいは楽しみを約束し、同じような享楽にふけった。文学、学問及び哲学は、静かな研究をやめ、流行に気をつかい、流行をわがものとする大きな世界のサークル活動に身を投じるようになった。

社会は女性が支配するようになったが、結果、彼女たちは一切崇拝されなくなった。表面だけのいんぎんさがかつて女性に示された深い敬愛にとってかわった。往時のアテネの将軍とも言うべき、リシュリー公[3]の冗談なんぞは一と昔前の、その時代の道徳だと軽く片づけられるようになってしまった。

幸福のとき、放縦だけが目立ち
狂気は鐘をうち、フランスにふわふわ
人は信心には目をそむけ
改悛以外のあらゆることに手をつけた。

折しもイヴラーヒンの出現、その顔つき、教養、身についたインテリジェンスはパリ中の注意をひき興奮させた。婦人たちは自分の家に「ツアーリの黒んぼ」を見てみたいと思い、彼の歓心を買いたいとお互いに競いあった。摂政は自分の夜の歓楽パーティーに一度ならず招待した。

摂政は若い[4]ボルテールや、年寄りの[5]ショーリューを配し、[6]モンテスキューや[7]ホントネーリーの会話で夕食を活発に盛り上げていた。イヴラーヒンはどの舞踏会、祭日、第一夜をのがすこともなく、自分の年齢と性格からくる情熱の旋風に身をまかせていた。

しかしこの気晴らしや、すばらしい楽しみをペテルブルグの宮廷でのきびしい単純さと比較する想いがイヴラーヒンのロシアへの帰国をためらわせたのではなく、他の強い理由が彼をパリに結びつけていたのである。この若いアフリカ人は恋をしていたのだ。

D伯爵夫人は若くはなかったが、その美しさはよく知られていた。十七才で修道院を出ると彼女は恋を知る間もないうちにある男と結婚したが、その男は結婚後も彼女の愛を得る努力をしなかった。彼女には数人の愛人がいるという噂がたっていたが、こんなことは普通の道楽であり、彼女にはこれまで馬鹿げたスキャンダルをともなった冒険で責められるような事件がなかったので世間の評判はよかった。

彼女はしゃれた家に住んでいたので、パリの上流社交界は会合の場所にと度々使っていた。彼女の最近の恋人だと思われていた若いメルビルがイヴラーヒンを紹介し、紹介状の中ではイヴラーヒンが、信用できる人物であることを十分に説明されていた。

伯爵夫人はイヴラーヒンを丁寧に、しかしさしたる注意も払わずに受け入れたが、このことがイヴラーヒンにかすかな希望を抱かせた。普通若いニグロは好奇心の目で見られていた。

人々は彼をかこんでほめ言葉や、質問をして彼を圧倒したため、うわべの優雅さの陰にかくれてわからない筈だったが、このような好奇心は彼の自尊心を傷つけることになった。女性が喜んで注目してくれるのは皆、好奇心をかくすための努力だったが、イヴラーヒンにとっては、それは楽しみではなく、心がいたみ怒りさえ感じるものであった。

彼は女性にとっては、めずらしい動物、特に変わったものであり、もっと言えば間違ってこの世にもたらされた産物ということであり、彼にとってとても受け入れられるものではなかった。彼はひっそりと気づかれない人のことをうらやみ、無意味なことをかえって幸福だと考えていた。

世間が彼に情熱を相互にやりとりすることを許さないという考えがうぬぼれや高慢になることなく彼を救い、そういう態度が女性にとってははなはだ魅力的なものだった。彼の会話は落ちついて気品があり、間断なく言われる冗談やフランス流ウィットのするどいあてこすりにいささかうんざりしていたD伯爵夫人の好みに合った。彼女は少しずつ若い黒人の容貌を気にすることがなくなり、客室の中の金箔をふりかけたかずらの中で黒い巻毛の頭が動くのを見るのが好ましくさえなってきた。（イヴラーヒンは頭に傷がありかつらのかわりに繃帯を巻いていた。）彼は二十七才で背丈が高くすらっとしていて、そのせいか好奇心よりは何かこびへつらう感じで彼を見る美人が少なからずあった。だが、偏見をいだいていたイヴラーヒンは何も気づかないようにし、そのことは単なる恋愛遊戯と考えることにしていた。

他方彼の目が伯爵夫人の目と合うと、とたんに彼の不信感は消えた。彼女のまなざしは優しく、彼に対する態度はさりげなく自然で恋愛遊戯やからかいの片鱗も見えはしなかった。

恋愛感情こそ彼の頭の中にはなかったが、毎日の伯爵夫人との逢い引きは彼にとっては欠かせないものとなった。彼はいつも彼女との逢う瀬を求めており、それが叶えられるといつも彼は天からの自然の恵みと思った。

一方伯爵夫人は、彼の感情をいつも見抜いていた。打算やかけひきのない愛は、あらゆる誘惑の悪だくみにまさって女性の心を感動させるものである。イヴラーヒンが居るところでは伯爵夫人は彼の挙動を注視し、彼の言うことにじっと耳を傾けており、彼が居ないところではじっともの思いにふけったり、いつもの放心癖に落ち込んだりしていた。……

彼等がお互いに好き合っているのを最初に気づいたのはメルヴィルで、彼はイヴラーヒンを大いにほめた。関係のない人たちから勇気づけられることはますます愛の炎を燃やすことになる。

愛は盲目であり、確たる自信のないときにはどのような支えにもすがりつくものである。メルヴィルの言葉はイヴラーヒンを目覚めさせた。愛する女を持ったという確信は今までの彼の考えにはなかったが、突然ある希望が彼の心を燃え上がらせ、恋に溺れさせてしまった。彼の情熱と狂気に驚いた伯爵夫人は、もっと落ちつくようにと、やさしくたしなめた。そういう彼女自身ももろくなっていた。さりげない好意のやりとりがしばしばとり交わされるようになっていった。彼の情熱の力に押され、彼女自身もふるいたち、結局なるようになってしまった。

さて、社交界の探索の目は何でも見つけてしまう。伯爵夫人の新たな密通はただちに皆の知るところとなった。ある淑女たちは彼女の選択に驚いたが大多数はそれは当然の帰結だと考えた。ある者は嘲笑い、ある者は夫人の無思慮は許しがたいと考えた。ひととおり口さがないさえずりが過ぎ去ってしまうと、イヴラーヒンと伯爵夫人のことはすぐに男たちのあいまいな冗談の種、女たちのとげある話題となった。

イヴラーヒンは今まで礼儀正しく、よそよそした態度を保っていたので、この種の攻撃から守られていたが、内心はいらいらしてどのように押し返したらよいかわからなかった。

伯爵夫人は尊敬されることに慣れていたので、ゴシップや悪意に満ちた噂話の対象になることは耐えられなかった。彼女は涙ながらにイヴラーヒンに苦情を言い、時には激しく彼を責め、少しも彼女を守ってくれないのを嘆き、そのためかえってスキャンダルの火をあおり、すっかり自分自身を駄目にしてしまった。

新しい状況が彼女の立場を更に複雑にした。軽はずみな愛の結晶が徐々に目立つようになってきた。あらゆる手をつくして彼女を安心させ、助言、提案を試みたが無駄だった。伯爵夫人は破滅以外何も考えず逃れようもない絶望感でその日を待った。

伯爵夫人の外見がはっきりしてくるとゴシップが再び活発に交わされはじめた。敏感な社交夫人たちはさも恐ろしげに話し、男たちは、生まれてくるのが白い子供か黒い子供かの賭けをし始めた。パリの中で彼女の夫だけが何もしらず疑ってもいないという状況の中で、噂ばかりがどんどんはびこり出した。

いよいよ運命の瞬間が近づいてきた。伯爵夫人にとってそれは恐ろしいときであった。イヴラーヒンは彼女に毎日つき添っていた。彼には彼女の精神も肉体も次第に弱ってゆくのがわかった。彼女の涙、彼女の恐怖はずっとつづいていた。

やがて彼女は最初の痛みを感じた。急いで口実を設け、伯爵を旅に出した。医者が到着した。その二日前に、ある貧しい女性の新生児を見知らぬ人に引き渡すよう説得し、信頼できる人にその新生児を引きとりにやらせた。イヴラーヒンは可哀そうな伯爵夫人の寝室の隣りの書斎に居た。押し殺したような伯爵夫人のうめき声や女中のひそひそ声、医者の指示の声を息をひそめて聞いていた。彼女の苦痛は長びいた。うめき声のたびに彼の心臓は引きさかれる想いだったし、そのくせ静寂がつづくと今度は恐ろしさが彼を苦しめた。

……突然弱々しい乳児の泣き声がした。彼は喜びを押さえられず寝室に飛び込んだ。一人の黒い乳児が彼女の足もとに横たわっていた。イヴラーヒンは乳児に近づいた。彼の心臓はどきどきしていた。彼はふるえる手で自分の息子を祝福した。伯爵夫人は弱々しく笑い、かぼそい手を伸ばした……。

しかし医者は患者が興奮しすぎるのを恐れてイヴラーヒンをベッドから離した。新しく生まれた乳児はバスケットに入れられ、フタをしたまま秘密の階段を通って家の外に運ばれた。別の乳児が連れてこられ伯爵夫人の寝室に置かれた。イヴラーヒンは安心してその場を去った。

そろそろ伯爵の帰る時間であった。帰り着くと彼は妻が無事に出産したのを知って満足した。こうなると社交界は、くすぐったいようなスキャンダルを予想していたのが、見事にはぐらかされ、ただ陰で悪口を言うことだけでなんとなく終わってしまった。

以前と同じような生活がまた始まった。けれどもイヴラーヒンは、伯爵夫人との親しい関係はおそかれ早かれD伯爵に知られてしまうだろうと感じていた。その場合、伯爵夫人の破滅は決して避けられないだろう。彼は恋い焦がれていたし、情熱的に愛されてもいたが、伯爵夫人は頑固で、気まぐれなところがあった。加えてこれは彼女の最初の情事ではない。感情の変化、憎悪がつのると彼女の心にある優しい気持ちまで変わってしまう。

イヴラーヒンは彼女が冷淡になった時のことを想像してみた。今まで彼は嫉妬心というものを知らなかったが、今はその恐ろしさを感じ、それと較べると別れのつらさはそれほど強くはないし、不運な密通をやめ、パリを離れ、ピョートルとぼんやりした個人的な義務感で召喚されているロシアに出発しようと考えるようになった。

2

美が人の心をとりこにすることはない。
喜びは、以前こおどりした喜びももはやない。
あるいは私の空想も自由とは言えない。
あるいは精神もよりもよく戦えないだろう。
名誉を求める望みによって今は苦しめられる。
栄光の音の響きが私を呼び寄せる。（デルジャーヴィン）[8]

月日が過ぎていったが熱に浮かされたイヴラーヒンはどうしても別れを告げることはできずにいた。伯爵夫人は彼のことを以前に増して慕うようになっていた。彼等の息子は遠くの県で育てられていた。社交界のゴシップはだんだん鎮静化していったので二人は過去の混乱や未来のことは考えないようにして、今の平安なことのみを考えるようにしていた。

或る日イヴラーヒンはオルレアン公の謁見の場にいた。立ち去ろうとするとき、公は彼を呼びとめ、暇なときに読むようにと一通の手紙を渡した。それはピョートル一世からオルレアン公に宛てた書状であった。ピョートルは彼が帰ってこない本当の理由をあれこれ推量して自分の意思をイヴラーヒンに押しつける気はなく、ロシアに帰るか否かは彼の決心にまかせたいが、どういう状態であっても、今まで自分が保護していた者を棄てることはない旨を摂政公に述べたものだった。

この手紙はイヴラーヒンを心の底から感動させた。その瞬間に彼の運命は決まった。次の日彼は摂政公にただちにロシアに向けて立ちたいとの意向を伝えた。

「それがどういうことなのか考えて見なさい」と公は言った。

「ロシアはお前さんの祖国ではない。それに再びお前さんの、熱い祖国に帰れるとは思えない。その上、フランスに長く滞在したせいで、ロシアの気候や、まだ残っている野蛮な風習になじめず外国人のようになってしまっている。お前さんはピョートルの臣下として生まれたのではない。私を信じてフランスに残ったらどうだ。お前さん自身の血を流してあがなったフランスではないか。ここにもお前さんの役割があり、能力には必ず報いられると思うよ」

イヴラーヒンは公に心底感謝したが自分の決心を変えようとはしなかった。

「それでは仕方ないね」と公は言った。「でもその方が本当かも知れないね」彼はイヴラーヒンを軍隊から除隊させることを約束し、これらすべてのことをロシアのツァーリに手紙にした。

イヴラーヒンは素早く旅行の準備をした。出発の前夜、彼は伯爵夫人といつものように夕べを過ごした。彼女は何も知らない。イヴラーヒンは彼女に打ち明ける勇気がなかった。

伯爵夫人は落ち着いていて、そのうえ上機嫌でさえあった。彼女はうち沈んだ彼の様子をからかうため数回自分のそばに呼んだりした。夕食が終ると人々は散っていった。

居間には伯爵夫人と彼女の夫とイヴラーヒンだけが残った。可哀そうな男イヴラーヒンは、彼女と二人きりになれるためであれば、世の中にあるすべてを捧げてもよいという気持ちだったが、伯爵は暖炉のそばに心地よく坐り、部屋から出て行く様子は全く見えなかった。三人は黙りこくった。

「おやすみなさい」やっと伯爵夫人は彼に言った。

しかし彼はまだ動こうとはせず……。そのうち彼の目はかすみ、くらみだしたが部屋から出て行くことができなかった。やっとの思いで家に着くと同時に、ほとんど無意識のうちに次のような手紙を書きつづった。「いとしのレオノーラ。私はあなたと永遠にお別れしてこの国を出て行きます。理由を説明する勇気がないので手紙にしたためました。

私はこの幸福を続けられない。今まで運命や自然に逆らってそれを楽しんできました。しかし貴女はいつまでも私を愛することはできないでしょう。私が何もかも忘れてあなたの足もとで情熱的な献身と無限のやさしさに酔っていた、あるいはそう思っていた時にも私にはその考えがつきまとっていました……。

うわついた世界は、うわべでは許しても実際は情容赦なく目に見えない虐待をするし、冷たく刺すような冗談が貴女を打ちのめし、遅かれ早かれあなたの熱い魂を引きずり降ろし、しまいには貴女の情熱を辱しめるようになるでしょう……。

そうしたらどうなるだろうか？

いや、死んだほうがましだ、そんな恐ろしい時が来る前にあなたのところから立ち去った方がよい……。

貴女の心の平安に私はいちばん気をつかっていますが、それは世間の目があなたに集中している間は決して得られないでしょう。あなたが耐えしのばねばならぬすべてのこと、自尊心を傷つけるすべてのこと、恐れさせ苦しめるすべてのことを思い出して下さい。われわれの息子が生まれた恐ろしい状況を思い出してください。このような不安と危険にあなたをさらしておくべきかどうか、考えて見て下さい。か細い美しい生きものを私のような汚ならしい、かわいそうな、動物ではあるが人間と呼ぶ価値のないニグロと運命は結びつけようというのか？

レオノーラ、許して下さい。わたしのかわいい、ただ一人の友達よ、どうぞ許して下さい。あなたを置いて行くことで、私は生涯で一度きりの喜びもともに置いて行きます。私には祖国もなく親類もいません。私は恐ろしいロシアに行き、孤独をただ一つの慰めとしましょう。

私がこれからする厳しい仕事は恍惚と至福の日を消してしまうほどつらくはなくても、苦々しく思ってかえって気散じとなりましょう……。

レオノーラ許して下さい。私はこの手紙で、自分自身をあなたとの抱擁から引き裂こうとしています。許して下さい。そして幸福になって下さい。時々はこの可哀そうなニグロ、あなたに忠実なイヴラーヒンを思い出して下さい。」


その夜彼はロシアに向けて出発した。


旅は予想した程ひどくは思われなかった。旅の現実より、もっと強いパリでの、すでに棄てつつあるよき思い出が、生き生きとよみがえるからであった。

そうこうするうちいつの間にかロシアの国境に到着していた。もう秋が始まっていた。道路事情が悪いにもかかわらず、御者は彼を風のように運び、出発してから十七日目の朝、彼は当時の幹線道路上のクラースノエ[9] セロに到着した。

そこからペテルブルグまでは十八マイルを残すのみであった。馬がつながれ、イヴラーヒンは御者小屋に入っていった。部屋の隅には緑のカフタンを着てテーブルにひじをついた背の高い男が、陶製のパイプで煙草を喫いながらハンブルグの新聞を読んでいた。もの音を聞いて彼は頭を上げた。

「やあ！　イヴラーヒンかね？」彼はベンチから立ち上がって叫んだ。

「息子よ、帰ってきたか！　よかった！」

ピョートルだとわかったイヴラーヒンは彼に向かってかけ寄ろうとしたが、一瞬思いとどまって拝跪した。それを見た陛下の方から近づいて彼の頭にキスをした。

「お前さんの到着を前もって知らされたのでね」とピョートルは言い「少しでも早く逢いたいと思ってやって来たのじゃよ。もう、昨日からずっと待っていたんだよ」

イヴラーヒンは感謝の言葉も忘れ、茫然と立ちつくした。

「お前さんの馬車はわたしたちのあとについてくるように言うがいい」ツアーリは言った

「お前さんは私と一緒に家まで乗って行きなさい」

陛下のお召車が引かれてきた。彼はイヴラーヒンと共に乗り込み、一路目的地を目ざした。一時間半ほどして彼等はペテルブルグの町中に到着した。

イヴラーヒンは君主の命令で、沼沢地の上に建てられ、新しく生まれた首都をあちこち、きょろきょろ見廻した。お粗末なダム、護岸をしていない運河、あちこちの、木でできた橋などが、やっとのこと人間が自然を克服した様相を見せていたのである。そこここにある家屋敷は急ごしらえで作られたように思われた。全都市にわたって、軍艦や商船が群がるネバ河以外は見すぼらしかった。しかもそのネバ河でさえまだ花崗岩で飾られてはいなかった。

陛下の御召車はツアーリチン庭園と呼ばれた宮殿の前で止まった。玄関には三十五才ぐらいと見える最新のパリ流行服を着た美しい女性がピョートルを出迎えた。

彼女とキスを交わしたのちピョートルはイヴラーヒンの手をとり話しだした。

「カーチンカ、私が名付け親になった息子のことを覚えているかい？　どうか彼を愛し以前のように親切にしてやって欲しい」エカチェカーナは黒いするどい目を彼に向け、親しげに手を差し出した。背がすらりと高い二人の美しい少女が、新鮮なバラの花のように彼女の後ろに立ち、ピョートルにうやうやしく近づいてきた。

「リザ」彼はそのうちの一人に言った。「お前さん、オラニエンバウム[11]に居たとき、お前にあげようと思ったリンゴをよく盗んだ黒人の少年を覚えているかい？　さあこれがその少年だがあらためて紹介しよう」大公女ははにかみながら笑った。

彼等は居間に入った。ツアーリの来るのを予想してテーブルが準備されていた。ピョートルは全家族と共に食卓に坐り、イヴラーヒンにも一緒に食事をするよう誘った。夕食のあいだ陛下は、スペインとの戦争、フランスの国内問題のこと、行状はほめられないが彼の好きだった摂政のことなどを質問しながら、あらゆる問題につき彼と話した。イヴラーヒンの知識は正確で客観的であったので、ピョートルは彼の答え方に十分に満足した。

　また、イヴラーヒンの幼少の頃の“くせ”について思い出しその人の良さを賑やかに話したので、彼が“ポルタヴァの英雄”で、その威厳によって人々に恐れられた“ロシアの改革者”だとは誰も思わなかった。

　食事ののち、ロシアの習慣でもあったのでツァーリは昼寝に行った。イヴラーヒンは皇后と大公女たちとともにあとに残った。彼は彼女たちの好奇心を満足させようとパリの生活、習慣、お祭り、ファッションの突飛さを話した。

　そうこうするうちに君主の側近たちの多くが宮殿に集まってきた。イヴラーヒンは派手なメンシコフ[12]公が、またエカチェリーナ皇后が黒人と話してるのを、高慢で不信のまなざしをあらわにしているのに気がついた。又、ピョートルのアドバイザーであるぶっきらぼうなヤーコフ　ドルゴルキー、ロシアのファウストと呼ばれた学者のブルス、ピョートルの若き時代の仲間ラグジンスキー、その他ツァーリに報告に来て、それの指示を受けようとしている人たちと知り合いになった。

ツアーリは約二時間ほどして戻ってきた。

「お前さん昔の仕事を忘れていないかどうか見てみよう」彼はイヴラーヒンに言った。

「石板をもってついて来なさい。」

ピョートルは執務室に入り込み国政について没頭しだした。次々と彼は[13]ブルス[14]ドルゴルキー、警察長官の[15]デヴィエールと作業をすすめイヴラーヒンに多くの政令や決定事項を書きとらせた。

イヴラーヒンはピョートルの判断の早さと断固とした決定、権力、見解の柔軟さとその活動の広がりに大いに戸惑いを感じた。ピョートルはその日考えていたすべてのプランが盛り込まれたかどうかをノートをとり出してチェックした。それからイヴラーヒンに言った。

「もう遅くなったのでお前ささんも疲れただろう。昔のようにここで今夜泊まりなさい。明日は私がお前さんを起こしてやろう。」

イヴラーヒンは、余りに没頭していたので、いきなりそう言われ、とっさには自分を取り戻すことができなかった。彼は子供時代を一緒に過ごした、並はずれてはいたが、その偉大さを知らなかった人をおどろきの目で見た。

そして、別れて以来初めてD伯爵夫人のことだけを考えていないでいる自分に心底おどろくと同時に、後悔に似たものすら感じていた。彼を待つ新しい生活方法、仕事と普だんの活動などが、情熱や怠慢、それに憂うつで疲れた自分の魂を救えると考え、偉大な人、即ちピョートルの仲間になり、彼と一緒に、偉大な国民の運命に影響をあたえるという考えは、始めてここで高貴な野望となって彼の心中の感情を高めた。

こんな思いを抱きながら彼は準備された野戦用ベッドに横たわった。しかし夢はいつものように彼を遠くのパリ、伯爵夫人の愛らしい腕の中へと連れて行った。

3

空を流れる雲の乱れのごとく
わが思いはその変化のままに変わりゆく
今日をいつくしむわれは明日をいとう
（[16]ダヴリー　キューヒベッケル）

翌日ピョートルは約束通りイヴラーヒンを起こし、[17]プレオブラジェンスキー近衛隊の擲弾隊少尉に任命して彼を祝った。

そしてピョートル自身はその中隊の大尉であった。宮廷の廷臣はイヴラーヒンのまわりに集まり、それぞれに新しい寵臣となった彼の機嫌をとり結ぼうとした。傲慢なメンシコフ公もていねいに握手を求めてきた。[18]シエレメチェフはパリにいる自分の友人について質問し、[19]ゴローヴィンは夕食に彼を招待した。

他の者たちもこれにならい、そのためのイヴラーヒンは約一ヶ月間は続くと思われる程の招待状を貰ったことになる。

イヴラーヒンの毎日は活動の時が多く、従って退屈することはなかった。日がたつにつれて彼はますますツァーリの魅力にひかれ彼の崇高な目的について更に深い洞察ができるようになった。偉大な人間の思考をたどることによって学業に夢中になった。

イヴラーヒンはバトゥーリン[20]やドルゴルスキーと立法の重要な問題を分析しつつ、共に元老院で討議し、海軍省ではロシアの海軍軍事力を統率しているピョートルに学んだ。また、フオファン[21]、ガヴリール[22]・ブジンスキー、コピエビッチ[23]たちの仲間に加わったり、暇な時には翻訳された外国の出版物を調べ、更には商人の工場や工芸家の工房、学者の書斎を訪ねた。

イヴラーヒンにはロシアは巨大な作業室で、機械だけが動き、まわりの者はまとまった機械の一歯車で、すべてがその動きにつられ忙しくしているように思われた。彼は又自分の職場で汗を流せることを有難く思い、パリでの生活の楽しみをできるだけ悔やまないようにしなくとは、と考えるようになった。だがもう一つの甘い記憶を消すことだけはむつかしくD伯爵夫人は本当は怒っているであろうことや、彼女の涙とみじめさについて考えることが多かった……。

しかし時には別の恐ろしい考えが彼の心を重くした。彼女の社交界での放蕩ぶりを振り返り、別のしあわせな愛人との新たな密通、などを考え、身震いし嫉妬心で彼のアフリカの血が沸きたち、熱い涙が彼の黒い顔にとめどなく流れ出しそうになった。

ある朝彼が公文書に囲まれて執務室に坐っていると突然フランス語の、大声で挨拶をしているのが聞こえたので、イヴラーヒンはそちらを興奮ぎみに振り返ると、パリのイヴラーヒン旋風の舞う中に残してきた若き[24]コルサーコフが喜びの声をあげて彼を抱擁した。

「私はただ今着いたばかりで。貴君に逢いたいとまっすぐここにやってきました。パリの友人すべてが、あなたがいなくて寂しい、よろしくと言っています。D伯爵夫人はどんなことがあっても帰って欲しいと言っていました。これが彼女の手紙です。」とコルサーコフは言った。

イヴラーヒンは震える手でそれをとりあげ、住所の書かれたなつかしい筆跡をじっと見つめながらも自分の目が信じられなかった。

「君がこの野蛮なペテルブルグで退屈して死んでしまったと思ったが逢えて嬉しいよ！」コルサーコフは続けた。「ここで人々は何をしようとしているのか？どうして時を過ごしているんだい？何処で洋服を仕立ててる？少なくともオペラぐらいは行ったのだろうね？」

イヴラーヒンはうつろな声で、ツアーリは今ドックで働いていると答えた。コルサーコフは急に笑いだした。

「君は今私と話をする時間がないのがわかったよ。」と言った。「又いつかおしゃべりする時間があるだろう。さあ私はツアーリに挨拶してこよう。」

こう言ってかかとをくるりと廻し急ぎ足で部屋から出て行った。

イヴラーヒンはひとりになると急いで手紙の封をきった。伯爵夫人は彼が隠しごとをして信頼していないことに不満を述べ、やさしく彼を非難していた。

「あなたは、私の心のなかの平安が世のすべてにまさり大事だ、と言うけれどもイヴラーヒン、もしそれが本当なら突然の旅立ちの噂が私をこのような状態にまで弱めてしまうことをあなたは承知していたのでしょうか？

私があなたを行かせないのを恐れていたことは私の愛情とは別で、あなたのためになることだったら、あなたが義務だと考えることならば犠牲をいとわないことを存じ上げている積もりです。」と彼女は手紙の中で言った。伯爵夫人は彼女の愛を情熱的に述べ、少なくとも時々彼女に手紙を書いて欲しいこと、今一度逢えないかなど懇願してペンを置いていた。

イヴラーヒンはこの手紙を二十回も、大事な行には有頂天になりキスをしながら繰り返し読んだ。彼は伯爵夫人のことを聞きたくてじりじりとし、海軍造船所にコルサーコフをつかまえようとしたが、ドアが開いてコルサコフ自身が再び顔を出し、ツアーリとの謁見を終えた彼は、いつものように満足気であった。

「ここだけの話だがツアーリは奇妙な人になってきたね。だって、何か団袋のような袖なし服を着て新しい船のマストのてっぺんに昇っているのだからね、仕方なく私はやっとのことでそこまでよじ登り、託送便を届けたんだよ。私は縄梯子の上に立ちながらていねいにお辞儀もできなかったね。本当にあわてたし、こんなことは今までになかったよ。

だがツアーリは文書を読んだあと私を上から下まで見まわして、おそらく私の服装の趣味のよさと優雅さに感心されたのでしょう。にっこりと笑われて今夜の舞踏会に招待されたんだ。だが私はこのペテルブルグではまったく外国人にひとしく、六年間も国外に居たので、どんな物がここではやっているのか忘れてしまっている。どうか私のメントール[25]（助言者）になって、連れてゆき皆に紹介してくれないか」と彼はイヴラーヒンに言った。イヴラーヒンは承知をして話をもっと興味ある話題に向けた。

「ところでD伯爵夫人のことだが？」

「伯爵夫人のこと？　勿論彼女ははじめ君の出立で驚いていたが、少しずつ彼女は立ち直り、新しい恋人を見つけたようだ。誰だって——あのひょろ長いR侯爵だよ。何だって君はそんなに目玉をぎょろつかせるんだ。あるいはこんなことは君には変に思えるのかね？　人間がそんなに長く悲しむものではないのを知らないのかね、特に女性はそうなんだよ？

私は旅疲れで少し休むからそのあいだに考えてみたら。私を呼びに来るのを忘れないでくれよね。」

イヴラーヒンの心にかかった黒雲はどんなものか感情はどんなものだったのか？　嫉妬？　怒り？　絶望？　いいやもっと根深い、おし殺すようなもの寂しさだった。彼はくりかえし自分に言い聞かせた。

このことはいずれ起こると思っており、起こるべくして起こったのだ。それから手紙を開き又読み始め、頭をたれ、はげしく泣いた。彼は長いあいだ泣いた。

そして、涙は傷の痛みを和らげてくれた。時計を見上げると、もう出発の時間だった。イヴラーヒンはどうにかこの役割をまぬがれたいと思ったが舞踏会は義務であり、ツアーリは廷臣が出席することを強制していた。イヴラーヒンは準備を終え、コルサーコフのところへ寄り道した。

コルサーコフはくつろいだガウンを着て坐りフランス語の本を読んでいた。

「こんなに早く？」イヴラーヒンを見るなり彼は言った。

「まあまあ」イヴラーヒンは答えた。「もう五時半過ぎだよ、遅れないよう早く衣服をつけて出かけよう。」

コルサーコフはあちこち駆けまわり、必要なものを手配するためベルを鳴らしつづけた、召使が急いでやって来てあわてて衣服をつけ始めた。フランス人の召使は赤いヒールのついた靴を一足と、空色のビロウドのズボン、それにぴかぴか光るピンクのカフタンを渡し、頭のカツラには控えの間で手早く金粉をかけて持って来た。コルサーコフは丸めた頭をその中におさめ剣と手ぶくろをもってこさせ、姿見の前で何度もくるくる廻りやっとイヴラーヒンに用意ができたと告げた。従僕が熊皮の外套をもって来て彼等は冬宮[26]へと駆けつけた。

　コルサーコフはイヴラーヒンに質問を次から次へとあびせかけてきた。誰がペテルブルグで最高の美人なのか？

　誰がいちばんダンスが上手で、現在はどのダンスが流行しているかなどだったが、イヴラーヒンは彼の好奇心を満足させるような話題には特に嫌悪を感じた。そうこうするうちに彼等は宮殿に到着した。

　たくさんの長いそり、古風な馬車、金ぴかの乗合馬車などがすでに芝生に停車していた。口ひげを生やし、お仕着せの御者たちが階段のところで押しあい、金のモールや羽できらきらと飾りつけた使者たちが矛をもち、軽騎兵、小姓、不恰好な従者が主人のためにも毛皮や手暖め覆いを着せていた。

当時の貴族にはこのような家僕が必要だった。イヴラーヒンが到着するとにわかにひそひそ話が始まった。「黒人、黒人、ツアーリの黒人！」彼は急いでコルサーコフを雑多な群衆をかきわけて先導した。宮殿の召使が彼等に扉を大きくあけた。コルサーコフは呆然としていた……。

大きな部屋にはタバコの煙るかすみの中でぼんやりと獣脂のロウソクの燃える火で照らされて肩のあたりからブルーの帯をたらした貴顕たち、外国使節団、外国商人、グリーンの制服を着た近衛士官、短い上衣をつけ半ズボン姿の船長などが絶え間のないブラスバンドの音の中を行ったり来たりしていた。婦人たちは壁ぎわに坐り、若い女性はすべてぜいたくなファッションで輝いていた。

金銀が彼女たちの衣服の上にきらめき、か細い胴は豪華なふくらみのついたスカートの上で花のくきのようにピンと立ち、ダイヤモンドが彼女らの耳や巻き毛、首のまわりに輝いていた。

彼女たちは皆はなやかに[27]男性のパートナーとダンスの始まるのを待って左右を見廻していた。中年の女性は新しいスタイルと禁じられた古いスタイルを合わせてうまく着こなし、彼女らのボンネットは皇太后の[28]ナタリヤ　キリーロヴナがつけていたテンの毛皮のキャップに似ており又彼女らのガウンや肩かけはサラファンやキルティングの上衣を思い出させた。

　彼女たちはこれら新しく制度化されたお祭り騒ぎを楽しみというよりは、とまどいながら参加し、オランダの船長の妻や娘が、サラサ模様のスカートやブラウスを着てニットのストッキングをはいて笑い、家の中でくつろいでいるように自分たち同志で笑ったり、おしゃべりしながら行ききするのを冷やかな目で眺めていた。コルサーコフはもう冷静でじっとしていられなかった。新しく着いた客に気づいて給仕が盆にビールとガラスコップを載せて彼等のところへやって来た。

「一体全体これは何という奴らなんだ」とコルサーコフは低いフランス語でつぶやいた。

　イヴラーヒンも思わず笑ってしまった。皇后と二人の大公女は美しくきらびやかな服を着て客の中にまじり彼等と親しげに話しながら動きまわっていた。ツアーリは別の部屋にいた。コルサーコフはツアーリとの謁見を望んでたえず押しよせる群衆をかきわけて前に出ようともみあった。

別の部屋は重々しく素焼きのパイプをたたき、これも素焼きのジョッキーを飲みほす外国人でいっぱいだった。テーブルはワインやビールのビン、皮の煙草入れ、カクテルの入ったコップ、チュス盤などがちらばって置かれていた。ピョートルは肩幅の広い英国人の船長とこのテーブルの一つでチェッカーをしていた。彼等は熱中して煙草の煙をプカプカとはきだし、気焔をあげ、ツアーリは相手の予想しない一手にあわててそばでそわそわするコルサーコフのことにはまったく気づかずにいた。

丁度そのとき胸に大きな花をつけた、がっしりした紳士が大声でダンスが始まったことを告げにやって来た。そしてすぐ出ていったが、ほとんどの客が彼のあとにぞろぞろと続き、そのあとにコルサーコフも続いた。

そこへ予想もしていなかったことが不意に彼に起こった。舞踏室の奥行きに女性とそのパートナーがお互いに反対方向で二列にずっと向きあい、エレジー風の音楽が演奏され、男性は低くお辞儀をし、女性は更に低く腰をかがめ、カーツイングをしながら最初は前の人に、つづいて右の人に、左のひとに、再び前の人にそれから右にと次々にカーツイをした。コルサーコフは唇をかみ、この動作が最高潮になるのを大きな目を開いて見つめていた。

お辞儀とカーツイングは約半時間ほど続き、それを終え花をつけたがっしりした男が公式ダンスは終り、楽士たちはメヌエットを演じるよう命令した。コルサーコフは喜び、その頬をほころばせた。若い女性客の中の一人が特に彼の目をとらえたからだ。彼女はだいたい十六才の年頃で、ゆたかで趣味のよい衣裳をつけていた。

彼女は中年の威厳ある近寄りがたい男の横に坐っていた。コルサーコフは彼女のもとにとんでゆき、彼女とダンスをする光栄に浴したいと申し込んだ。若い美人は彼を困惑の表情で眺め、どのような答を返したらよいか困ったようだった。彼女の横に坐っていた男のしかめ面がより深くなった。コルサーコフは返事を待ったが花をつけた紳士が彼のところにやって来てホールの一方に彼を連れて行き、きびしい調子で述べた。

「もし、あなたはまず三回必要なお辞儀をしないで若い御婦人に近づき、次にメヌエットではダンスの招待をするのは紳士ではなく女性側がその権利をもっているのに御自分から彼女を誘い、彼女の権利を無視してしまった[29]。ずい分無礼な行為ですね。このため厳しい罰を受けねばなりません。さしずめ大鷲の杯を飲むことですよ。

コルサーコフはますます驚いた。その瞬間に客人たちは彼をとり囲み、がやがやと罰則はすぐにでも実行せねばならんと要求した。ピョートルはこの種の罰を自ら管理する大元締だったので笑い声や叫び声を聞き自分の部屋から出て来た。

群衆は彼に席をあけ、彼は罪人が立っており夜会の厨房長が大きな杯に強いマー[30]ルムジー葡萄酒をそそいで高くかかげている一団に出くわした。彼は違反者に法に自分から従うよう説得しようと押し問答していた。

「あはん」とピョートルはコルサーコフを見て言った「さあお前さんはそれにはまったな。ムッシュー、さあ、しりごみなどせず飲んでごらんよ。」

もうそれにさからうことはできなかった。可哀そうな伊達者は息もつかずに飲み干してそれを厨房長に渡した。

「コルサーコフよ、よく聞け」ピョートルは言った。「お前のズボンは私さえはいたことのないビロウドのものだが、私はお前さんよりずっと金持だ。ちょっと派手すぎやしないかな。お前さんと私がけんかすることのないように、心がけたまえ。」

ピョートルの警告を受けてコルサーコフはサークルの外に出ようとしたが、よろめき倒れそうになり、それを見てツアーリとその取巻連中はたとえようもなく喜んだ。このエピソードは夜の主な行事の調和ともてなしをうっとうしくしないで済み、更に活性化した。紳士たちは足をうしろにずらし、お辞儀し、婦人たちはカーツイをして活発にかかとを鳴らし、ここに来てもう音楽のリズムを無視してしまった。

コルサーコフは全体の華やかさに加わることはできないでいた。彼が選んだ女性は父親ガヴリーラ　アファナシェビッチの命令でイヴラーヒンのところにやって来て、青い目を伏し目がちに、はにかみながら彼に手を差しのべた。イヴラーヒンは彼女とメヌエットを踊り、彼女を席まで連れて行き、それからコルサーコフを捜し舞踏室より彼を連れ出し、馬車に乗せ、家まで送ってやった。途中でコルサーコフは辻褄の合わないことをぶつぶつ言い始めた。

「舞踏会なぞくそくらえ！……大鷲の杯なぞ……！」

けれども、衣服を脱ぎ、ベッドに横たわると深い眠りについてしまったが、翌日まだ頭痛がする中でかかとを鳴らすこと、カーツイ、煙草のけむり、花の飾りをつけた紳士、大鷲の杯のことなどをぼんやりと思い出していた。

4

わが祖先は食事を暇なときにとった。

ゆっくりと、そしてそこでは見つけただろう

水さしや銀のコップになみなみと
泡だつワインにビールが行きかうのを[31]
（ルースランとリュドミーラ）

　さあ私は上品な読者にガヴリーラ[32]　アフェナシエヴィッチ　ラヂエフスキーのことを知らさねばならない。彼は古いボヤールの系図の出で、宏大な荘園をもっており、客へのもてなしもよく、鷹狩りを好み、家臣や召使を大勢所有していた。言い換えれば彼は徹底したロシアの貴族で、いわゆるドイツ精神とかにはなじまなかったし、家庭では古い時代の習慣を大事に守るようしていたのだ。

　彼の娘は足掛け十七才であった。彼女は子供時代に母を亡くしていた。彼女はいささか古いしきたりのもとで育てられた。看護婦や乳母、遊び友達、女中に囲まれて金の刺繍をすることはできたが、読み書きはできず、彼女の父は外国ものはすべて嫌ったにもかかわらず、家に一緒に生活していた捕虜のスエーデン士官からドイツ風のダンスを学びたいという彼女の願いには抗しきれなかったようである。

この気の利いたダンスの先生は五十才ぐらいの年齢で彼の右足は[33]ナルヴァの戦いで銃で打ち抜かれていたため、メヌエットやコランとなると器用に立ち廻れなかったが左足は正確すぎるくらいのステップをやすやすと完璧そのままにあやつれた。彼の弟子たちは、その努力については尊敬していた。ナターリヤ　ガヴリーロヴナは舞踏会では最良の踊り手として知られていたが、これがコルサーコフがぶしつけな行為にでさせた理由となった。彼は次の日にガヴリーラ　アファナシェヴィッチにそのお詫びをしたいとやって来たが、よどみない、きちんとした若いシャレ者の口上が、誇り高く古い貴族の前にはかえって悪い印象としてうつり、すぐフランス猿という気の利いたあだ名を彼に呈する始末に終った。

その日は休日だった。ガヴリーラ　アファナシェヴィッチは数人の客や親族の来訪を待っていた。テーブルが古風なホールにしつらえられた。客人たちは妻や娘たちをともなってやって来たが彼女たちは女性が外部から隔離されていたのをツアーリ[34]の勅令と模範行為によってやっと解放されたのである。

ナターシャは来たお客にそれぞれ金のカップをそえた銀の盆をさしだし、カップを飲み干す客はそれぞれ昔はこのような場合にはキスをする習慣があったが今は中止になったことをなげいていた。彼等は皆テーブルについた。

主人の席の横の栄誉席に彼の義父、七十才の[35]貴族ボリス　アレキセーヴィッチルイコフ公が坐り、他の者は昔の席次を重んじる家長制の幸福な時代を思い出した。

彼等はテーブルの一方側に男たちが、向い側に女性が坐るようにした。テーブルのずっと端には普通人々、袖なし上着や、頭巾つけた家政婦、三十才だが子供の背丈でしわをよせとりすました小人、捕虜で色あせた空色の制服をつけたスェーデン人などが坐った。

皿をうず高く積み上げたテーブルには数多く、むらがるように配せられた召使たちがいたが、その中でもきびしい顔つきをして大きな腹をつき出し不動の姿勢を保つ執事が特に目立った。食事の始まった数分間は特に伝統的な料理の仕上がりに注意が向けられ、皿とスプーンのがちゃがちゃという音がシーンとした静けさの邪魔になった。しばらくすると主人が客を心地よい会話でもてなす時だとみて見廻したずねた。

「一体エキーモヴナは何処にいるの？　彼女をここに連れてきなさい。」

数人の召使があちらこちらと捜しに走り去った時に濃い口紅をつけ厚化粧し、花やがらくたを飾りつけ、胸をはだけた錦織りの衣服をつけて踊るように唄を口ずさみながら入って来た。彼女の到着は喜び迎えられた。

「今晩はエキーモヴナ」ルイコフ公は言った。　「御気分はいかが？」

「さぁね、気分はいいですよ。あなた。歌ったり踊ったり、求婚者を待っているんですよ。」

「一体全体どこに行っていたのかね、このできそこないめ」と主人はたずねた。

「私は名誉あるお客のために、神さまのおやすみの日にめかしこんでいたのですよ。ツアーリや貴族たちが世の中を笑いにつつむように御命令になりましたものね。

ドイツ風に」

これらの言葉はどっと笑いをさそい、道化師は主人のうしろの椅子の自分の場所にとどまった。

「道化師はうそをつくかも知れないが、中には本当のことも言いますよ。」と主人の姉で弟から大いに尊敬されているタチャーナ　アファナーシェヴナが言った。「本当のことを言うと今のファッションは世の中の笑いものですよ。あなたがた紳士があごひげをおとされて、貧弱な上衣をお召しになってからは、女性の衣服についても勿論、とやかく言えないようになりましたね。

だがまだまだサラファンや女性のリボン、女性の頭かざりのことを仰言ってますね。今日の美人を見ると笑ってよいのか泣いてよいのか、髪の毛は麻くずのように縮れ毛にしてグリスを塗り、フランスの粉をふりかけ、そのおなかはきつくレースでしめてしまうので半分に千切れはしないかと思いますよ。ペチコートには輪を入れてふくらますので馬車に乗るときは横から入り、ドアをくぐり抜けるのには腰をかがめてる。彼女らは立つことも坐ることもできず、まったく殉教者で可哀そうなものですよ。」

「ああその通りですよ、タチャーナ　アファナーシェヴナさん」とキリーラ　ペトロービッチ　Tは言った。彼はリヤザンの知事で、いかがわしい手段を使って三千人の農奴と若い妻をうまく手に入れていた。

「私の考えでは妻は好きな衣服をつけてよいと思います。彼女は毎日新しいガウンを註文して、まだ着れる新しいものまで捨ててしまわないと、案山子《かかし》か中国の女帝のように見えるのでしょうね。おばあさんのサラファンは孫娘の持参金のようなものだったのに、今日の衣服と言ったら——どう思います。今日女主人が着ているものを明日になったら女中が着ていますよ。どうしたらいいかって。まったくロシア貴族の破滅ですよ！　ああ災難だ。まったくその通りですよ。」

これらの言葉をしゃべって彼は溜息をつき妻のマリヤ　イリーリチナを見つめたが、彼女は昔のことを讃えることにも新しい秩序に難くせをつけることにも賛成していないように思われた。他の令夫人たちは不快さを共にわかつものの平静さをよそおっていた。当時は目立たないことが若い女性の美徳とされていたからである。

「じゃあ、これは誰の過失なんだろうか？」とガヴリーラ　アファナシェヴィッチがクワスのコップを泡だたせながら言った。

「われわれなのでは？　若者は馬鹿騒ぎをし、われわれはそれを応援しているんだから」

「しかし問題がわれわれの手に負えなくなったらどうします？」キリーナ　ペトロービッチが反論した。

「誰もが自分の妻を[36]テーレムに閉じ込めたいと思っているだろうが、彼女らはうまく立ち廻り、ドラムをたたき、舞踏会に行きましょうと誘いをかける。夫はむちをもって追いまわすが、妻は化粧に余念がない。ああこのうるさい舞踏会よ！　主はわれらの罪をあがなって彼女らのところに訪ねて下さるだろうよ。」

マリヤ　イリーリチナははらはらしてむづがゆい思いをしていた。彼女の唇はゆがみ、もう自分でこらえられなくなって夫に向かい、刺げある笑いで彼に舞踏会がどうして悪いの、とたずねた。

「どうして悪いかだって」彼女の夫はむっとして答えた。「舞踏会ができてからというもの、夫は妻とおかしな関係になってしまったからだ。妻たちは使徒の言葉、妻はその夫を敬えというのを忘れ、新しい衣服ばかりを気にかけ、夫のことなど忘れて、夫をどのように喜ばすかを考えないだけでなく、軽薄な軍隊士官の注意を引くことにうつつをぬかしている。

ねえ奥さんよ、ロシアの貴族夫人がタバコを喫うドイツ人やその女中たちと友達になるなんてことはあまり上品ではないと思うよ。いつも若い男とダンスをしたり、おしゃべりしたり――そんなことは今までにはなかった。親類の中でならともかく、これは他人や知らない人たちの中でのことなんだ。」

「私はそのことで一言言いたいが差しつかえる、壁に耳ありですからなあ。」ガヴリーラ　アファナシェヴィッチは眉をしかめて言った。

「でもやっぱり舞踏会は私の趣味にも合いませんね。注意しないと酔っぱらいとぶつかり、時には笑い者になるまで酔っぱらいにさせられる。ならず者が貴女の娘を不幸にさせるのに気をつけなければいけませんよ。今頃の若い者は毒されていて想像以上ですよ。亡くなったエヴグラフ　セルゲーヴィッチ　コルサコフの息子を例にあげると昨夜の舞踏会でナターシャを動揺させ、私まで赤面しましたよ。次の日馬車が私の家の中庭まで乗り入れるのを見て、一体全体どこのどいつだろうと考えました。

アレキサンダー　ダニーロビッチ公だな？

いいやそうではなく若造のコルサコフではないか。良識ある者ならば門のところで止まって馬車から降り歩いて玄関に来るはずなのに――そうはしないで、とび込んで！

お辞儀して、かかとを鳴らし、早口でしゃべり去ってしまった……。道化のエキーモヴナがうまく真似をしてくれる。馬鹿のエキーモヴナよ、外国猿の恰好をして見せてくれ。」

道化のエキーモヴナは皿のふたを一つとって自分のわきに帽子のようにかかえ込

み、ぺコぺコし、かかとを鳴らし、あちらこちらとお辞儀をしながら「ムッシュ、マドマゼール……舞踏会……パルドン」などとつぶやいた。わっと長い笑いがひびき、観客の満足度をあらわにしていた。

「そりゃ生き写しのコルサーコフだね」と老ルイコフ公が笑いの涙をふきふき、静けさに戻ったときに言った。

「だがこのようなことに慣れないと。彼が神聖なロシアに道化師として外国から帰ってくるのが始めてでも終りでもないからね。何をわが子供たちが外国から学ぶのか？　お辞儀をしたり、かかとを鳴らしたり、オランダの巻き舌をぶつぶつ言ったりして目上の者を尊敬せず、他人の妻を追いかけ廻すためなのか。外国で学んだ若者のうち（神さまお許しあれ）ツアーリの黒んぼのみが人にもっとも近いというもんじゃ」

「勿論」ガヴリーラ　アファナシェヴィッチも同意した。「彼は重厚だし、礼儀正しく、馬鹿者ではない……さてっと、あの門を通って乗り入れてくる奴は誰じゃ？

まさかあの外国猿ではあるまいのう？　おい阿呆、お前は何をぽかんとみつめているのじゃ」彼はしゃべりつづけ召使にも言った「行って追い返してしまえ、そして言ってやれ、二度と……」

「白いあごひげさん、お前さん正気ですかい？」道化のエキーモヴナが突然叫んだ「あるいは明きめくらか。あれは陛下のそりでツアーリがいらっしゃっているんですぞ」

ガヴリーラ　アファナシェヴィッチは急いでテーブルから立ち上がり、皆窓際にかけ寄った。彼等は一様にツアーリを見たのだが、彼は衛兵の肩につかまりながら玄関の階段を昇ってくるところだった。

とつぜんの来訪に混乱が起こった。主人は陛下を迎えに走り出した。召使は気違いみたいにあちらこちらと走り廻り、客人たちは恐れおののき、或る者は家へ早く帰ろうと考える始末だった。

突然ピョートルの響き渡る声が廊下にひびき渡った。皆がシーンとなりツアーリがものが言えなくなった主人を引きつれて入って来た。

「皆さん今日は」ピョートルは晴れやかな表情で言った。ツアーリのすばやい視線は群衆の中に主人の若い娘をとらえ、彼のもとに呼んだ。ナターシャ　ガヴリーロヴナは勇敢にも近づいたが肩から耳まで恥ずかしさで真っ赤になっていた。

「貴女は日ましに奇麗になってゆくね」と陛下はいつもの習慣で彼女の頭にキスをしながら言葉をかけ、それから客人に向かって言った。

「さてこれはどうしたことだ？　どうやらお邪魔したようだね、丁度お食事中だったみたいですね、どうか、もう一度席に戻って、ガヴリーラ　アファナシェヴィッチ、私に[37]アニス入りのウオトカを少し下さい。」主人は彼の謹厳な執事のところに走り寄り、彼の手から盆をとり、金の盃になみなみ満たし、お辞儀をしてツアーリに差し出した。ピョートルはそれを[38]プレッツエルを食べながら飲み干し、その前にもう一度客に自分たちの食事に戻るよう求めた。

ツアーリの臨席に敬意を表わすために席につかない小人と主婦を除いて、皆自分の席についた。ピョートルは主人の横に坐り、キャベツのスープをいくらか欲しいと言った。陛下の衛兵は象牙のかざりのついた木のスプーンと緑色の骨細工のついたナイフとフォークを渡した。何故ならばピョートルは自分以外の食器具を使わないからだった。

少し前までは高揚した気分とおしゃべりで賑やかだった食事は沈黙と緊張のうちに過ぎて行った。主人は敬意と臨席の喜びで何も食べず、客は皆かしこまって、スエーデン人とドイツ語で一七〇一年の戦闘について話されていることを恐る恐る聞いていた。

道化のエキーモヴナは数回ツアーリから質問を受け、どうにかこうにか、おずおずと答えた。それは言い換えると本来の馬鹿さ加減を示すものではなかった。晩餐はついに終りとなった。陛下は立ち上がり、他の客もそれにならった。

「ガヴリーラ　アファナシェヴィッチ」ピョートルは言った。「私はあなたと折入って話したいことがあります」ピョートルは彼の腕をとり応接室に連れて行き扉をしめた。客人たちは食堂でこの予期しない訪問の意味をひそひそと推量しながら居残った。結論が出るのが恐ろしく彼等はひとりひとり、主人に御馳走になった御礼も言わずに立ち去って行った。義父と娘、姉はそれぞれ戸口まで見送り、陛下が出発されるのを待ちつつ食堂に居残った。

5

私はお前に奥さんを見つけてやろう
そうでなければ粉ひき屋はつとまらんから[39]
（アヴレシーモフのオペラ　粉ひき工場の主人）

半時間ののち扉は開き、ピョートルが現れた。頭を重々しく傾けて彼はルイコフ公、タチャーナ　アファァナーシェヴナ及びナターシャの三倍のお辞儀に答礼し廊下をまっすぐに去って行った。主人は彼の羊のコートをかけ、そりまで送り、階段で彼にあたえられた栄誉に感謝した。ピョートルは立ち去って行った。

食堂に帰ったガヴリーラ　アファナシェヴィッチは心にひっかかるものがたくさんあるように思われた。彼はいらいらして早くテーブルを片づけるよう召使たちに命じ、ナターシャに部屋を引きさがらせ、姉と義父に話があると言い、いつも食事ののちに休むことにしている寝室に呼び入れた。老公は樫の寝台に横たわり、タチャーナ　アファナーシェヴナは古風な錦織りのひじかけ椅子に坐り、足台を引き寄せた。ガヴリーラ　アファナシェヴィッチは扉に鍵をかけ、ルイコフ公のベッドの足許に坐り低い声で話し始めた。

「陛下は私を訪ねる理由がおありじゃったのよ。何を話したいと思われたか推量してみてくれませんか？」

「どうしてそれがわかるの、弟君よ」とタチャーナ　アファナーシェヴナは言った。

「ツアーリはあなたに地方長官になるように言ったのでは？」彼の義父はたずねた。

「丁度よい頃だし、あるいは大使の職を提案したのでは？　そうでしょう？　政府の長官だけが外国に送られるのではなく、著名人も任命されることもあるからね。」

「いいや」義理の息子はしぶい顔をして答えた。「私は古い時代の者で、今日では私のような者のサービスは必要ではない。とは言っても正教徒の紳士は成り上がり者やマンジュウ売りや異教徒と同じように価値があると思うが、勿論そんな話しではない。」

「それではこんなに長い間、何について話したかったでしょうね。弟君よ」とタチャーナ　アファァナシエヴナはたずねた。

「何かある種のトラブルに巻き込まれたのでは？　神様どうかわれわれを助けて下さい。」

「いやトラブルというものではないが実を言うと驚いたのだ」

「では何なの、弟よ、どういうことなの？」

「実はナターシャについてなのだ。ツアーリは彼女を妻あわせたいと言っておられる。」

「まあ」とタチャーナ　アファナシエヴナは十字を切りながら言った。「彼女は年頃だし、いい仲人に、いい良人が見つかれば。神様は愛と平安をあたえられる、いずれにせよ名誉なことですね。ツアーリは誰と妻あわせようとされているのでしょう？」

「ふうん」とガヴリーラ　アファナシェヴィッチはせきばらいをした。「誰と？　それが問題なんです。誰なのかが」

「一体誰と」とルイコフ公は居眠りをしながら繰り返し言った。

「当ててみて下さい。」ガヴリーラ　アファナシェヴィッチは言った。

「弟君よ」老婦人は答えた。「どうして想像できるの？　宮廷にはたくさんの若い男たちがいます。どれもナターシャを妻にもらいたいと思うだろうし。ドルゴルキーですか？」

「いやドルゴルキーではない。」

「どうでもいいわ、身分も高いし、権力も高すぎる。シャイン　トロエクーロフ？」

「いいや彼でもない」

「誰も彼らとは合わないね、軽薄で、あの家はドイツ精神で一杯だし。ではミロスラフスキーでは？」

「いいや彼でもない。」

「これも同じことだわ。金持ちだけど馬鹿だからね。では誰なの？　ルボフ？　違う？　ラグジンスキーでは？　違って。思いあたらない。ツアーリは誰をナターシャに申し入れたの？」

「黒人のイヴラーヒンだよ」

老貴婦人は叫び、彼女の手を握りしめた。ルイコフ公は枕から頭をあげ驚いて繰り返した。

「黒人のイヴラーヒン！」

「私の弟君よ」老貴婦人は涙ぐんで言った。

「自分の子を見放さないで、彼女を黒い鬼の爪に引き渡さないで。」

「でもどうして陛下の意思に反抗することができようか。」ガヴリーラ　アファナシェヴィッチは言い返した。「ツアーリは私と私の家族に恩典をほどこすことを約束されたのに？」

「これは何としたことだ」年老いた公爵は叫んだ。眠りは今や消し飛んでしまった。「私の孫のナターシャが奴隷となった黒人に？」

「彼は平民の出ではありません」ガヴリーラ　アファナシェヴィッチは言った。「彼は黒人でもサルタンの息子ですよ。トルコ人が彼を捕え、コンスタンチノーブルで売りに出したので、そこでわが国の大使が彼を救い、ツアーリに献上したのです。黒人の兄が彼を高額な身代金を払って買い戻しにロシアにやって来たという話です。そして……」

「ねえガヴリーラ　アファナシェヴィッチ」彼の姉が割って入った。「われわれはプリンス　ボーヴァとエルスラン　ラザレビッチのおとぎ話は聞きあきましたわ。あなたがどんな返事をツアーリの仲人にしたのかを教えて」

「私は、ツアーリは私たちに君臨します。われわれ臣下として義務はすべてのことにツアーリに従うことですと言いました。」

その瞬間扉の後ろから物音がした。ガヴリーラ　アファナシェヴィッチは扉を開けに行ったが何かに支えがあるように感じて強く押す必要があった。扉は開かれ、皆はナターシャが血にまみれた床に意識なく横たえている姿を見た。

彼女の心臓は陛下が彼女の父と一緒に部屋にとじ籠もったときに止まったようだった。一種の不吉な問題が彼女と関係しているという予感が彼女の心にささやきかけ、ガヴリーラ　アファナシェヴィッチが彼女の叔母と祖父に話をしたいと言って彼女を追い出したとき、女性特有の好奇心を満足させたいという衝動を抑えることができなかった。

内側の部屋から寝室の扉へと静かにしのび寄り、彼女は恐ろしい会話のすべてを一言も洩らすことなく聞いてしまった。

そして彼の父の最後の言葉を聞いたとき、可哀そうな少女は気を失い、倒れ、頭を彼女の結婚に持参するものが入れてある鉄枠のはまった櫃のかどで打ったのだった。

召使たちが走り寄って来て、ナターシャを抱え彼女の寝室に運びベッドの上に横たえた。しばらくして後、彼女は回復し目をあけたが、父親も、叔母も区別がつかないほど混乱していた。高い熱が出て、うわ言で「バ、ツアーリの黒人、結婚と言い続けた——それから突然、つき刺すような声で「バレリアン、私の生命のバレリアン。私を助けて、彼等がやってくる、やってくる……」と叫びだした。

タチャーナ　アファナシエヴナは弟を心配そうな目つきで眺めたが、弟は青白くなり唇を咬み、部屋を出て行ってしまった。彼は老公のところに戻ったが、階段をのぼれずに下にいたのである。

「ナターシャの具合は？」彼はたずねた。

「たいへん悪いのです。」と打ちひしがれた父親は答えた。「想像していたより悪い。彼女はバレリアンのことでうわ言を言っている。」

40 「それはどのバレリアンのことかね？」老人はいぶかしげにたずねた。「家に引きとった銃士隊員の孤児の事ではないのかね？」

「それなんです。」ガヴリーラ　アファナシェヴィッチは答えた。「彼の父は銃士隊の反乱の際に私の生命を救った。そのかわり悪魔が打たれたオオカミの子を家の中に入れるようにし、その子を引き取ったのは私にとっては不幸だった。二年前に彼自身の要求があったので彼を軍隊に入れてやったが、ナターシャはさようならを言いつつ涙を流しており、彼も茫然としていた。私はそれを疑わしいと思い、姉にもそのことを伝えていた。

しかしその時以来ナターシャは彼のことを言わなくなっていたし彼のこについてはあれ以来何も聞かない。私は彼女は彼のことについては忘れてしまっていると思っていたが実はそうではなかったのだ。しかし問題は解決した。彼女は黒人と結婚することになるのだから。

ルイコフ公も彼の意見に反対はしなかった。そうすることは益のないことである。彼は家に帰った。タチャーナ　アファナシエヴナはナターシャのベッドの脇に残った。ガヴリーラ　アファナシェヴィッチは医者を呼びにやり、部屋にとじ込もった。お葬式のような静けさが彼の家を支配した。

予期せぬ婚約のことがイヴラーヒンを少なくともガヴリーラ　アファナシェヴィッチと同じく驚かした。はたしてこの事件が起こったのは次のような経過からである。ピョートルはイヴラーヒンと仕事をしているときに彼が言った。

「私はお前さんの気分が沈んでいるのがわかる。何か必要なものがないか率直に言ってごらん？」

イヴラーヒンはツアーリに自分の仕事に満足しておりこれ以上良いことは望まないことを請け合った。

「それはいい」ツアーリは言った。「もしお前さんが何とはなしにみじめに思うなら、その気分を明るくする方法を私は知っているのだよ。」

仕事が終ったとき、ピョートルはイヴラーヒンにたずねた。

「この前の舞踏会の時にメヌエットを一緒に踊った女の子が好きかい？」

「彼女はたいへんすばらしいです。陛下、つつしみ深くてやさしい気性の少女と思います。」

「それではもっと知りあいになれるようにしてやろう。彼女と結婚したいと思わないか？」

「私が？　陛下」

「ねえイヴラーヒン。お前さんは天涯孤独で親戚友人も居らず、私以外は皆他人だ。もし私が今日にでも死んだら明日からのお前さんはどうなるだろう。可哀そうな黒んぼではないか？　まだ時間がある間にしっかり落ち着く必要がある。新しい関係を作って援助してくれる人を見つけねばならないのだ。ロシアの貴族階級と縁を結びなさい。」

「陛下、私は今の陛下の保護と御好意で十分でございます。神さまは私の恩人であるツアーリより長く生きるようにはなさらないでしょうし、それは私の望むところです。仮に結婚したいと望んでも若い令嬢も彼女の親戚も同意するでしょうか？何より、私の容貌のこともありますし……」

「お前さんの容貌！　くだらない馬鹿はよせ！　お前さんはりっぱないい奴じゃ、そうは思わないかね？　若い令嬢は両親の意思に従わねばならない。私がお前さんの仲人になると言ったらあの老ガヴリーラ　リュゼフスキーは何というか見ていなさい。」

そう言って陛下はそりを持ってくるように命令し、イヴラーヒンを置いて深い思索に身を投じた。

「結婚するって！」アフリカ人は思った。「そんなことなんてあるもんか？　私は自分の生涯を暑い気候のもとで生まれたからという理由で、喜びも聖なる義務も知らないで独身で過ごすよう運命づけられている訳でもない。しかし愛されるだけでは十分でないし、これは子供のむずがりだ。愛を信じることができるかだって？移り気な女性にハートなんてあるだろうか？

この甘い迷いを永遠に捨てて、私は他のもっと実際的な魅力をかわりに選んだのだ。ツアーリは正しい。私は自分の将来を確かにする必要がある。若いリュゼフスカヤとの結婚は誇り高いロシアの貴族に私を結びつける事で、私は新しい祖国で異邦人ではなくなるのだ。私は妻となる人からの愛を求めないし、彼女の忠誠心だけで満足しよう。そして絶えずやさしくして信頼と寛大さで彼女の友情をかちとろう。」

イヴラーヒンはいつものように仕事に没頭しようとしたが彼の想像力が大きくのしかかってしまった。彼は書類の仕事をあきらめてネバの河岸へ散歩に出かけた。突然彼はピョートルの声を聞いたので振り返ると陛下は自分のそりから降り、大へん上機嫌な表情で彼のあとを追ってやって来た。

「すべて終ったよ、ねえ」とピョートルは彼の腕をとって言った。「私はお前さんの結婚をととのえてやったよ。明日お前さんの義理のお父さんのところに逢いに行って、彼の貴族の誇りに調子を合わせるが良い。行ったらそりを門のところに止め、歩いて中庭を渡り、彼と話をするときには彼の業績と高貴な系図についての話をしなさい。そうすれば彼はお前さんにまいってしまうからな。さてそれで」彼は樫の棒を振り振り、続けた。「あの悪者のダニーリッチ[41]のところまで一緒につき合ってくれ。私は最近起こした彼の悪ふざけに一言いいたいから。」

イヴラーヒンはピョートルの父親のような気くばりに厚く感謝しながら、メンシコフ公の豪華な宮殿までピョートルを送り、その足で自分の家に帰った。

6

古い家系のイコンが金や銀で輝いた燭台を囲ったガラスケースの前で燈明ランプがぼんやりと燃えていた。蝋が流れ、ほのおのかよわい光がカーテンを張ったベッドを照らし、ラベルをはった薬びんを置いた小さなテーブルが置かれていた。ストーヴの近くには女中が紡ぎ車に向かって坐り、紡ぎ車のかすかに廻る音が寝室の静けさを破っていた。

「そこに居るのは誰？」か弱い声がたずねた。女中はすぐに立ち上がり寝台のところに寄り、わずかにカーテンを引き上げた。

「もうすぎ夜が明けるの？」ナターシャはたずねた。

「もうお昼です。」女中は答えた。

「あっそう、それではどうして暗いの？」

「シャッターが閉じられているからですわ、お嬢さん」

「服を着たいのよ、手伝ってくれる？　早く」

「いいえお嬢さん、お医者からいけないと言いつけられています。」

「では、私は病気なの、長い間？」

「もう二週間になりますわ」

「本当、私には昨日ベッドに入ったようにしか思えないわ……」

ナターシャは黙ってしまい、ばらばらになった記憶をかき集めようとした。何かが彼女に起こったが本当に何だったんだろう？　彼女はとうとうそれをつきとめることができなかった。女中はまだ彼女の前でいいつけを聞くために待っていた。そのときざわざわした音が下から聞こえてきた。

「あれは何？」と病気の娘がたずねた。

「紳士、淑女が晩餐を終え、テーブルを離れるところです。」と女中が答えた。

「あなたの叔母さんがまもなくここにいらっしゃいます。」

ナターシャはこれを聞いて喜んだ様子だった。彼女は弱々しいヂェスチャーをした。女中はベッドのカーテンを引き、もう一度紡車の前に坐った。

数分後、黒のリボンのついた白い婦人のずきん頭が廊下に現れ、低い声でたずねた。

「ナターシャの具合は？」

「はい、おばさん」病人はやさしく言った。タチャーナ　アファナシエヴナは急いで近寄った。

「お嬢さまは気がつかれました。」と女中はベッドのそばにひじかけ椅子をそっと引き寄せた。老女は涙ながらに自分の姪の弱々しいねむそうな顔にキスをし彼女の横に坐った。彼女の目覚めと共に黒のカフタンと学者風のカツラをかぶったドイツ人の医者が入ってきた。

彼はナターシャの脈をとり、最初はラテン語で、つづいてドイツ語で彼女は危機を脱したと告げた。つづいて彼は紙とインキ壺を所望し、新しい処方箋を残し出て行った。老女は立ち上がりナターシャに今一度キスをして弟によい知らせを告げようと階下に降りて行った。

応接室ではツアーリの黒人が軍服を着こみ、剣をつるして坐り、ガヴリーラ　アファナシェヴィッチを敬意を表しながら話していた。コルサコフは長椅子にねそべり、彼等の会話を聞いたり、立派な猟犬とたわむれたり、これらのことに疲れると、いつも退屈したときの逃げ場なのだが、鏡のところへ行き、鏡の中にタチャーナアファナシエヴナの姿を認めたが、彼女は気づかれないように廊下から弟に向けてヂェスチャーをしていた。

「あなたに用があるようですよ、ガヴリーラ　アファナシェヴィッチ」

コルサーコフは彼の方に向き直り、イヴラーヒンの会話をさえぎって言った。ガ

ヴリーラ　アファァナシェヴィッチはすぐ彼の姉のところに行き、後ろ向きに扉をしめた。

「君の忍耐には驚いたよ」コルサーコフはイヴラーヒンに言った。「古いルイコフやリュゼフスキーの家系についてのでたらめを聞くのに、又君自身の道徳的意見を同時に話にさしはさんでずい分長時間すごしたものだね。もし私が君の立場に立っていたらワタシナラ、ヨシテイタヨ（フランス語）。古いペテン師やすべての家系、ナターシャ、ガヴリーロヴナを含んで、はにかんで病気のようによそおっているが、デリケートトナ健康状態ミタイニ、正直言って君はあのウヌボレヤサンに本当に恋しているのかね。イヴラーヒン、聞いてみてくれ、私の忠告をね、一度でいいから聞いてくれ、私はこう見えても気がついているんだよ。この馬鹿馬鹿しい話はやめにしたら。結婚しないほうがいいよ。君の花嫁は特に君を好いているという印象を受けないしね。今後どうなるかわかったもんではないよ。私の例を見ても分かる通り、私は勿論、見栄えの悪い男ではないがね、私よりも立派な夫をだましてやる場合もあったよ。

君だって……パリのＤ伯爵のことを思い出してごらん。忠実な女性というのはいないんだし、彼の場合には色事には無関心でおれるおめでたい男なんだが！しかし君は……あの情熱的で思慮深く、疑い深い性質をもつ君が、平ぺったい鼻と分厚い唇の口と、ちぢれ毛をもった君が結婚という危険にすべて自分を投げ出すとは……」

「友情あふるる忠告ありがとう。」イヴラーヒンは冷たく話をさえぎった。「しかしことわざにあると通り、他人の赤ん坊をあやす必要はないとね。」

「イヴラーヒン、まあ注意して」コルサコフは笑いながら答えた。「そのことわざを文字通りあとになって説明する必要がないようにね。」

だが別室での会話はますます熱くなっていった。

「あなたは彼女を殺してしまうわ。」老女は話していた。「彼女は彼の姿を見たら生きていられないと思うわ。」

「しかしちょっと考えて下さい。」彼女の弟は頑固に反論した。

「もう二週間も彼は自分の花嫁をずっと訪ねて来ているが、今まで花嫁の姿を目にしていない。そうこうするうちに彼は病気はうそだと思い、われわれがどうにかして今の状態を逃れたいと時を稼いでいるだけだと思うようになるだろう。そうしたらツアーリはどのように言うだろうね？

ツアーリはナターシャの病気の具合をたずねて使節を三回も送ってきている。何を言おうとツアーリと言い争うつもりはないからね。」

「慈悲深い神さま」タチャーナ　アファナシエヴナは言った。

「可哀そうな少女は一体どうなるの？　とにかく彼女には訪ねて来た時の準備をさせてやりたいわ。」ガヴリーラ　アファナシェヴィッチは同意して応接間に戻った。

「お陰さんで」彼はイヴラーヒンに言った。

「危機は去りました。ナターシャは少しよくなりました。われわれの大事なお客様であるイワン　エフグラホビッチを独り残す失礼を許していただけるなら私はあなたを花嫁がのぞけるよう二階に案内します。」

コルサコフはそのニュースを聞いてガヴリーラ　アファナシェヴィッチにおめでとうと言い、自分のことで気を遣ってくださるな、いずれにせよもうおいとましようとしていたのだからと言い、玄関に主人が見送るチャンスをあたえないで走り去った。

一方、タチャーナ　アファナシエヴナは恐ろしい訪問者が現れるのに病人がそなえる準備にかかった。寝室に入って彼女はベッドのそばで息もたえだえに坐った。彼女はナターシャの手をとったが、言葉をかける間もなく扉が開いた。ナターシャは誰が来たのとたずねたが、老女は恐怖におそわれて黙ってしまった。

ガヴリーラ　アファナシェヴィッチはカーテンを引き広げ、病人を刺すような目で眺め、具合はどうかとたずねた。少女は彼に笑いかけようとしたが、それができなかった。なぜなら彼女の父の厳しい凝視で驚き、不安な感じが彼女を圧倒したからだ。その瞬間彼女は誰かがベッドの頭部で立っているのを感じた。彼女は努力して起き上がろうとしたが突然ツアーリの黒人を認めたのである。これを見て彼女は、自分の未来を完全に思い出した。

しかし疲れた彼女の心はショックを表に出す程元気ではなかった。ナターシャは今一度頭を枕に沈め目をとじた。彼女の心臓は痛々しげに鳴りだした。タチャーナアファナシエヴナは彼女の弟に患者はねむりたいと言っていると合図をし、女中をのぞいた彼等全員は静かに寝室を出て行き、女中は再び紡ぎ車に向かって坐った。

可哀そうな病人は目を開き、ベッドのそばに誰も居ないのを確かめると女中を呼んで彼女に小人の女を連れてくるように言った。するとその瞬間に丸々と太った年寄った小びとが彼女のベッドの方に転がり込んできた。

つばめさん（小人のことを皆こう呼んだ）がガヴリーラ　アファナシェヴィッチとイヴラーヒンのあとから彼女の小さな足で精一杯、二階にあがって来て女性特有の好奇心で一杯のまま扉のうしろに隠れていたのである。ナターシャは彼女の姿を見ると女中をさがらせ、小人がベッドのそばの足かけの上に坐った。

このような小さな体が精神活動でこんなに多くのことができるものだろうか。彼女はすべてのことに首を突っ込み、すべての事情を熟知しいつでもあれこれの事柄にいそがしくしていた。彼女の熟練したきげんの取り方で彼女の主人の寵愛を得るのに精一杯の努力をし他の家中の者に君主のごとく振る舞い、その為に憎しみを買っていた。ガヴリーラ　アファナシェヴィッチは彼女の報告や、不平やこまごまとした願いごとを聞き、タチャーナ　アファナシエヴナは彼女の意見をずっと参考にし、彼女の忠告通りにしていた。ナターシャの場合には彼女は限りない愛情をいだき十六才の心から生ずるすべての考えや心の動きを打ち明けていた。

「ねえつばめさん」彼女は言った。「お父さんは黒人に私を結婚させようとしているの？」

小人は深い溜息をしたが、彼女の眉のしわはもっと深くなっていた。

「もう絶望的ね？」ナターシャは続けて言った。「きっとお父さんは私を可哀そうに思っているわね」

小人は彼女の帽子を振った。

「おじいさんとおばさんは私を守ってくれないの？」

「いいえお嬢さん。黒んぼはお嬢さんが病気のあいだに、皆に気に入られるように努めていました。主人は彼はすばらしいと思い、ルイコフ公も彼のことで夢中になっている。タチャーナ　アファナシエヴナは（彼が黒人であることが悲しい。そうでなかったらこれ以上の婿はいないのにね）と言っています。」

「おお神様、神さま！」可哀そうなナターシャはうめいた。

「あまり悲しまないで、美しいお嬢さま！」と弱々しい手にキスをしながら小人は言った。「もしあなたが黒んぼと結婚することになってもまだ自由はありますよ。

もう昔とは違うのですから。夫はその妻をとじ込めたりはしないでしょう。黒人は金持ちで、あなたの家はすばらしく、すばらしい人生を送ることになるでしょう……」

「可哀そうなバレリアン」ナターシャは言ったが声が小さかったので小人は言葉の意味がよくわからなかった。

「それそれお嬢さん」彼女は魔術のように声を低めに言った。「もしあなたが銃士隊の孤児のことを考えず、熱でうなされた時に彼のことを上言で言ってなかったら、お父さんはあれ程までに怒らなかったでしょうよ！」

「何なの？」ナターシャは驚いた。「私がバレリアンのことでうわごとを言い、お父さんはそれを聞いて怒ったの！」

「そう、それが原因ですよ」小人は答えた。「もし黒んぼのところへ行きたくないと頼んだら、彼はそれはバレリアンがその理由だと思うでしょう。もう仕方がないのでお父さんの決めるままにまかせなさい。結局なるようにしかならないわ。」

ナターシャはさからえずにいた。彼女の心の秘密が父に知れたという想いが想像力をゆり動かした。しかし、一つだけ希望が残っている事に彼女は気づいてしまった。それは結婚式が行われる前に死ぬことだった。この考えが彼女を慰めた。弱々しくみじめな自分だと思いつつも彼女は運命に身をゆだねることにした。

7

ガヴリーラ　アファナシェヴィッチ家の玄関の右に、小さな窓が一つある小部屋がある。中にはフランネルの毛布をかけた簡易ベッドと、ベッドの前には松できたテーブルがあり、その上で脂のたれたろうそくが燃えていた。

　そして、開かれたままの楽譜が置かれていて、壁には古くなった空色の軍服と同じく年代ものの三角帽子がかかっており、その上に三本の釘で[42]カール十二世の乗馬姿の安っぽい肖像画がかけてあった。フルートの音がこの粗末な部屋から聞こえる。

　捕虜となったダンスの先生、ひとりぼっちの住人はナイトキャップをつけ南京木綿の寝巻を着、冬の夜を昔のスエーデンの行進曲ではなやかな青春時代を想い出しながら演奏して退屈をなぐさめていた。二時間たっぷりとこの練習をしてスエーデン人は彼のフルートをたたみ、ケースの中に入れ衣服を脱ぎ始めた。

　その瞬間、彼の扉の鍵が上げられ背の高いハンサムな軍服を着た男が部屋に入ってきた。

　驚いたスエーデン人は警戒して立ち上がった。

「貴方は私を忘れたんでしょう。グスタフ　アダミッチ」若い訪問者は感動して言った。「あなたがスエーデンの射撃法を教えたことのある少年のことを思い出せないなんて。この部屋でおもちゃの大砲をすんでのところで発射してしまうことだったでしょう？」

グスタフ　アダミッチは訪問者をじっと見つめた。

「ああ」彼はやっと叫び声を出し彼を抱いた。「すばらしい、君がこゝにいるなんて……、坐れよ、昔のいたずらっ子さん。さあ話をしよう。」

（未完の遺稿はこゝで終る）

一八二七年作

註釈

1　オルレアン公、一七一五年ルイ十四世の死後、フランスの摂政として一七二三年にルイ十五世が成年になるまでフランスを支配

2　ジョンロー　John Law（一六七一－一七二九）フランス政府の財務長官として働き、インドシナ植民地会社設立を支持し、ニューオルレアンズ（米国ルイジアナ州）植民地融資を援助した。このような彼の事業はフランスを破産寸前まで追いつめた。

3　リシュリー公（アルマンド　デュプレッシー、一六九六－一七八八年）リシュリー大枢機卿の曾孫、彼の回想録は当時の堕落した宮廷生活を画いている。プーシキンの「スペードの女王」にもその名が出てくる。

4　若いボルテール、ボルテールの本名はFrançois marie arouet といい、ロシア語では Аруэта（アルエータ）となっている。

5　年寄りのショーリュー、Chaulieu（一六三九―一七二〇）、僧侶で、自由快楽主義的詩で知られる。

6　モンテスキュー　Charles-Louis Montesquieu（一六八九―一七五五）「法の精神」で有名なフランス、ボルドー出身の政治哲学者

7　ホントネリー　Bernard le Bovier, sieur de Fontenelle（一六五七―一七五七）啓蒙運動に活躍したフランスの思想家

8　デルジャーヴィン（一七四一―一八一六）ロシアの詩人、プーシキンの出る前の感情主義の時代で、エカチエリーナ十二世時代に活躍。晩年には司法大臣になった。一八一五年プーシキンが進級試験で詩を披露したときその出来ばえを賞し、前途を祝した。

9　クラースノエ　セーロ、ペテルブルグ防衛軍は夏にはここに駐留していた。第

二次世界大戦でここにあったトーチカ群をドイツ軍が突破してレニーグラードに迫った。

10 ツアーリチン庭園、ネヴ河のそばのピョートルの夏の宮殿のうしろにある。

11 オラニエンバウム、オラニエンバウムはライプツィッヒの北七〇キロのところにある。リザとはあとでエリザベス一世となったエリザベーターのことでアンナについで一七〇九年一二月に生まれたが、年齢から考え、ピョートルが一七一七年のパリ旅行をした時に家族を置いていった時の話のようである。

12 メンシコフ公、アレキサンダー、ダニーロビッチ、メンシコフ（一六七三―一七二九）は貧しい家庭の出で皇帝の寵臣となった彼の正確な出自は不明だが、若い頃にはモスクワの町でピローシキ売りをしていたらしい。北方戦争では主な戦闘に加わりポルタヴァでは司令官として功をなした。一七一四年以降汚職でずっと査問にかけられたが、ピョートルの庇護のもとに国事に重大なかかわりをもった。ピョートルの息子アレクセイ殺害にも一役買っていた。一七一九年には陸軍大学学長となり、ピョートルの死後キャサリン一世の即位を画策、成功し政府を牛耳った。一七二七年彼の政敵はピョートル二世が彼に反目するよう仕向けピョートル二世によりすべての富を奪われ、追放され、一七二九年に亡くなった。

13 学者のブルス、ヤコブ　ブルス（一六七〇―一七五五）スコットランド貴族の子孫で父が一六四七年以来ロシアに住みついた。彼自身は数多くの戦闘に参加、一六九七―九八のピョートル、ヨーロッパ大使節団に加わったが、数学、天文学、物理学の専門分野で有名。コペルニクスの業績を引きついだ。一七〇六年からはモスクワの印刷局の長官となった。

14 ヤーコフ　ドルゴルキー（一六五九―一七二〇）古い貴族の御曹司。西欧派で速くからピョートルを支持した。彼はポルタヴア戦役で捕らわれ一〇年間スエーデンで捕虜生活を送った。確固たる忠誠心と誠実さで定評があった。

15　警察長官デヴイエール、アントニー　デヴイエール、ピョートルが一六九七年にポルトガル船から徴募したポルトガル系ユダヤ人と言われる。一七一八年には彼はペテルブルグの警察長官となった。メンシコフの妹と結婚をピョートルにとりもって貰ったがもっとよい縁組を考えていたメンシコフに嫌われ、ピョートルの死後シベリヤに追放された。

16　キューピッケル、ウイルヘルム　カーロヴィッチ　キューピッケル（一七九七―一八四六）プーシキンのリッエー時代からつづいた生涯の友人で、物語り、小説、批評文、劇、詩文など多く残した。一八二五年のデカヴリストの乱によりシベリヤに追放され、そこで亡くなった。ここの碑文は「アルゴスの男たち」の作品でコリントの自由を得るため個人の幸福を犠牲にする、プルタークのチモレオンの一生をもとにした劇作の一文

17　プレオヴラジエンスキー近衛隊
ピョートルが少年の頃兵隊ゴッコをして遊んだ時の部隊の母体が近衛兵となった。

セミヨーノフ連隊とともに近衛兵として有名な連隊

18 シエレメチエフ、ボリス　ペトローヴィイッチ　シエレメチエフ（一六五二―一七一九）はスエーデンとの北方戦争ですぐれた功績をあげ、ナルヴァでの敗戦のあとピョートルのその後の勝利を助けた。一七〇四年彼はドルパートを陥落させ、一七〇五年にはアストラハンの暴動を鎮め、クールランドで劣勢に立たされたのち、ポルタヴァではピョートルを勝利にみちびいた。

19 ゴローヴィン、フヨードル　アレクセーヴィッチ　ゴローヴィン（一六五〇―一七〇八）一七〇〇年以来、外交官で将軍となった。西ヨーロッパへのピョートルの大使節団に随行したり、その後の国内政治、軍事改革での主役となった。一七〇〇年には外務省の長官となった。

20 バトウーリン、イワン　イワノーヴィッチ　バトウーリン（一六六一―一七三八）一七〇〇年にナルヴァの敗戦でスエーデンに捕虜となった職業軍人。一七一七年のピョートルのパリ旅行に随行し、その後もいろいろな資格でピョートルに仕えた。しかしキャサリン一世に反対する陰謀に加わったという疑いで追放された。

21 フオファン、フオファン　コピエヴイッチ　プロコポヴイッチ（一六八一―一七三六）キェフの僧侶でピョートルの改革の支持者だった。

22 ガヴリール　ブジンスキー（?―一七三一）一七二一年に制定された聖教会会議のメンバーで、このときから教会は皇帝の支配下に置かれた。一七二六年には彼はカザンとムーロンの主教に任命された。

23 コピエビイッチ、アイ　エフ　コピエコビッチ　一説では彼は一七〇七年に死んでいるので、ここでの登場は間違っていることになる。ロシア語で航海術、数学、ラテン語文法の出版にたずさわったが、主な活動場所はアムステルダムであった。

24 コルサーコフ、ボリス　ヤコーブレビッチ　コルサーコフ（一七〇二―五七）

一七一六年から一七二四年までフランスで航海術を学んでいた。

25 メントール、ギリシャ神話のメントール、オデッセーの友人で、その子テレマカスの先生

26 冬宮、今のエルミタージ美術館、五回にわたって建て替えられ、この物語に出てくる冬宮はトレジーニの作ったもの（一七一一―一二）でオランダ風だったが一七二六年にこわされた。現在のエルミタージはバルトロメオ テストレクの作でエリザベス時代に建て始められ、キャサリン二世により辞めさせられるまで続いた。
今の建物はグリーニッチの海軍省の建物と似ており、イタリアのパラディオの列柱を用いる方式がイギリスを通じロシアにもたらされたか当時の流行がこの列柱方式でヨーロッパを通じて移入されたのかよくわからない。

27 新しいスタイルと禁じられた古いスタイル……ロシアを西欧化したいという願いからピョートルは生活慣習を変え、古いイメージを一変しようとした。一六九八

年には宮廷人に古いカフタンの着用を禁じ、ヨーロッパ方式の短い服で出仕するよう命じた。一七〇〇年一七〇五年にドレスコードを作り市民には髭を切ることを命じ違反者に罰金を課した。

28　ナターリヤ　キリーロヴナ　ナルシキイーナ（一六五一―九一）ピョートルの父、アレクセイ　ミハイロビッチの二番目の妻でピョートルの実母

29　大鷲の盃《ゴブレット》　ピョートルは各種の宴会を好み、そこでのゲームに敗れた者や罰則の違反者に強い酒を飲ませたがその時に使われたゴブレット

30　マールムジー、もとはギリシャのペロポネソス半島東南モメモバジヤの村から出た地名、その地方で作られたぶどう酒、今日ではマデイラ（ポルトガル）産の香気の強い甘いぶどう酒

31　ルスランとリュードミラ、プーシキンの一八二〇年の作、ロシア民話とフラン

スロココ風長編滑稽詩

32 ボヤール、古いキエフ侯国時代から続く貴族のことをボヤールと言い、ピョートル時代の貴族、特に地主貴族と区別する

33 ナルヴァの戦い、一七〇〇年十一月にスエーデン王カール十二世は小数の軍で圧倒的なピョートル大帝のナルヴァ包囲軍を破り、ピョートルのバルチック海進出の野望をくじいた。この北方戦争での初期の敗戦は軍事力の改革と徴兵制度をロシアにうながし、その後の戦闘を有利に進め、一七二一年のニイシタット条約でリボニア、エストニヤ、カレリヤの一部を得て最終的にロシアはバルチック海の覇権を獲得した。

34 勅令と模範によって……ピョートルまでのロシアでは女性はテーレムという特殊な女性用部屋に閉じ込められていたが、ピョートルの西欧化政策により女性がパーティーなどに出席するよう求められ、ピョートル自身も模範を示して家族を連れ

てくるようになった。

35　家長制の幸福な時代……ボヤール貴族の宮廷内での政治権力や家族内での位階制は門地制度（メーストニチエストボ）で守られており宴会、儀式などの座席順位が定められていた。ピョートル時代には位階表（何等官などという）が定められ古い制度を補完した。

36　テーレム、中世ロシアの貴族の住居に設けられた女性部屋。クレムリン宮殿の中にもある。

37　アニス入りウオトカ、地中海沿岸のセリの芳香をつけた水か、軽い酒。ピョートルはこれを好み、一七一七年のパリ旅行に際してもフランス宮廷は朝食に出すよう準備していた。

38　プレッツエル、アメリカ人がよく好み、ニューヨークの町でも屋台で売っているがここでは形が違って堅パンと考えればよいのでは。

39 アヴレシーモフのオペラ、粉ひき工場の主人、一七七九年の作、アヴレシーモフは台本をエヌ エム ソコロフスキーの楽譜に合わせて書いたが十九世紀を通じて有名だった。話の筋書きは粉ひき工場の主人が占い師をよそおって賢い娘アニュータ一の両親に結婚の相手を認めさせるという話。筋書きはルソーの村の占師（一七五二年 Le Devin du village）に似ておりこの作が出る直前までモスクワで成功をおさめていた。

40 銃士隊員——銃士隊のことは後記で述べたが頭初イワン雷帝により作られた。銃士隊の叛乱はピョートル時代、北方戦争の始まるまでたびたび起こっている。ここでは一六九七年ピョートルがヨーロッパ旅行から帰る直前の叛乱のことではなかろうか。丁度年代的にも合う。

41 ダニーリッチ、前出のメンシコフのこと、メンシコフはネバ河の北岸に豪華な宮殿を構え、ここでピョートルは宴会を開くことが多かった。現在ではエルミタージ美術館の分館となっているようだ。

42　カール十二世（一六八二―一七一八）、カール十二世はピョートル大帝と北方戦争で対峙したスエーデンの英雄的国王、ピョートルより十才下で十五才の一六九七年に即位、スエーデン側の記録によると一七〇〇年にロシア、デンマーク、ポーランドにより戦いをいどまれ、ロシアとは一七〇〇年にナルヴアで、ポーランドとは一七〇二年クリッツオウで勝利、しかしその後一七〇九年にロシアのウクライナ、ポルタヴァでピョートル大帝の軍に敗れ、トルコに逃げ、一七一四年スエーデンに帰還した。

ポルタヴァはプーシキンの叙事詩調物語りで有名、チャイコフスキーの歌劇にも出てくるマゼッパの波乱に富んだ活躍とカール十二世の勇猛が一代ページェントを形づくった。その後スエーデンは防衛戦となり、イギリス、プロシア、ロシアと戦うことになり、一七一八年十一月三十日ノルウエー、フレデリクステンの砦で銃弾に当たって死ぬ。敬虔なプロテスタント教徒でもあった。

あとがき

1　プーシキンとピョートル大帝

昨年（一九九九年）の五月はじめ、ロンドンのケンジグトンパラスを訪れ、受付の女性に「ワタクシ、ピョートル大帝の絵ヲ見ニキマシタガ、ドコニアリマスカ？」と聞いた。活発なおばさん風の受付嬢は受話器をあげ「ピョートルはグリーニッチ（海軍博物館がある）から帰ったかしら……。ああそう、じゃあ今ここにあるのね」と確かめた上、宮廷画家ネラーの描いたピョートルの肖像画のある部屋を示してくれた。他のものには興味がなかったので、まっすぐその部屋に行ったが「おお」あった壁一面に西洋画特有の縁かざりもつけないで、キャンバスのまま若いピョートルが立っていた。

今まで見たものよりずっとハンサムであり、これこそが！　と思った。その時のイメージでホン訳したのが「ピョートルのエチオピア人」である。題名はふさわ

ピョートルの肖像画

しくないかも知れないが差別用語にならないように配慮した結果、一八二七年作のАрап Петра Великого の翻訳である。

ピョートルのことについては一文をものにしたいと、ずっと考えていて、関係する本を何冊か読んだ。その間昨年の商用旅行のあい間にテムズ川下流、天文台で有名なグリーニッチの近くのデットフォードを訪れた。ここはピョートルが一九九八年に西欧事情と造船技術を学ぶため、イギリスに住みついたところである。彼は自ら船大工として家臣と共に造船所で働いた。

ピョートルのイギリスでの宿舎、デットフォードのセイズコートは今では小さな公園になっていて何もなかったが、ロンドン大火（一七六六年九月一日）などについて手記を残しているジョン・イーヴリン卿の邸でピョートルは造船技術を習うかたわらロシア風にロンドンでの生活をエンジョイし、イーヴリンの美邸を三ヶ月の間に滅茶苦茶な状態にして立ち去った。

このためイーヴリン卿はセントポール寺院を設計した高名な建築家、クリストフ

ァー　レンにその被害状況を調査させ、当時の国王ウイリアム三世に三五〇ポンドの請求をおこしている。一六九八年のことである。

ピョートル大帝はこうしてロシアを一流の海軍国に仕上げ、のちに北方戦争で当時イギリスと並んで海軍軍事力を誇っていたスエーデンと戦い、勇猛なカール十二世と覇権を争い、勝利し、遂にヨーロッパに大国として認められるまでにしたロシア皇帝の中興の祖である。

あまりにも中世的、アジア的ロシア変えるためにその一生は旧弊を破る実験的な政治、軍事、海事作業に終ったが幼少時の不安定な地位からくる恐怖感のためか、自己の主張を押し通す為には残酷で、二十世紀ヒューマニズムではとうてい理解し得ない行跡を残している。その後ロシアは絶対主義、ツアーリズムの時代を経過し、共産主義革命のあともスターリン主義のもとにピョートル時代の暗黒面を引きずってきた。

青銅の騎士

ロシアに対する理解の暗さはピョートル時代前後の不幸な事件にもとづいていると言っても過言ではないだろう。ピョートルが築いた、かつてはレニーングラードと呼ばれたペテルブルグのことを考えてもそのために払われた犠牲ははかり知れない。ピョートルの伝記を読むとその魅力的な気質やケンジングトンの肖像画からうかがえる明るい面が見えてこない。

ロシアを文化面で十八世紀、十九世紀に卓越した水準に押し上げた人の中にプーシキンがいる。多くは未完成のままに終ったが、その文学的才能と芸術感覚は十九世紀後半のロシアを一流国にふさわしい飾りつけをし、いわゆる世界的文豪やチャイコフスキーなどの音楽家の創作パターンを作った。

二十一世紀から回顧するとピョートル、プーシキン、共産主義革命はロシアを代表する象徴ではないかと思う。

プーシキンは後に述べるようにピョートル大帝とのかかわりを少からずもってい

るが、青年期のデカブリスト（十二月党員）などの革新的思想とのかかわりから保護観察的追放処分を受け、その時代からピョートルを中心にした物語りを考えていたようである。しかし「ポルタワ」や「青銅の騎士」に現れるピョートルは冷酷な絶対君主としての理解が中心になっている。

プーシキンは十八世紀後半の大事件を「プガチョフ反乱の歴史」として世に出したがまるで法廷の速記者のような冷静な書きぶりで、これがでたあと、有名な「大尉の娘」を上梓した。筋書きはウォルター　スコットの小説を模したと言われているが、大罪人のプガチョフをその人間的側面から描きだしている。

この関係すなわち「反乱の歴史」と「大尉の娘」は拙訳「ピョートル大帝のエチオピア人」と前記二書との関係と似ており、ピョートルは近代ロシアの建設者、プガチョフはその破壊者という違いがあるにもかかわらず、しかもどちらも国家ないしは叛乱集団という無機質の集団論理の中で、情無用の世界の中にありながら、人間味あふれる側面を描き出しており、それをめぐって両方とも十八世紀前半の新制度のもとでの貴族のとまどい、十八世紀後半の地方貴族の価値観がよく表現されている。

このような粗暴で残酷な点で共通し又どうして無機質な体制の中から愛情や優しさ、又は友情などの柔らかい部分がでてきたのか？　それはプーシキンの母方の祖父が持つエチオピアの熱い情熱にさかのぼるのかも知れない。

プーシキンの母ナジエージダ、プーシキンの曾祖父であるアブラム　ペトロービッチ　ハンニバル（ロシア語ではイヴラヒムと呼ぶ）は一七〇五年から一七〇六年頃八才の時にロシア大使サバ　ラグジンスキー伯爵がコンスタンチノープルで珍奇種を好むピョートル大帝（彼は小人を集めパーティに乱痴気騒ぎに利用していた。黒人も多数いたと考えられる）への献上品としてトルコのコンスタンチノープルで買われた。イヴラヒムはすぐピョートル大帝のお気に入りとなり十八才の一七一六年のヨーロッパ旅行の従者として参加し、フランスで技術将校の教育を受けるためパリに残った。

フランスでは太陽王ルイ十四世が死亡しフィリップ公がルイ十五世の摂政となり政治にたずさわっていたが、そのフィリップの軍隊に仕え一七一九年から二〇年のスペインとの戦争に参加して頭を負傷した。

その後ロシアに帰り、小説ではイヴラヒムはピョートルの仲人で貴族の娘と婚約することになる。

これがその後どういう経過をたどったかは記録にでてこない。伝説では最初ギリシャ系女性と婚約し、しかし不義を働いた理由で破談にして、二度目はドイツ系の女性と結婚し、六人の子をもうけ、その息子オシップがプーシキンの母、ナジェージダの父となったとある。その間イヴラヒムはピョートル亡きあ

メンシコフの肖像

との権力者メンシコフに反抗してシベリヤ送りとなったが、ピョートルの娘エリザベス一世の治世中に彼女の寵愛をうけ、大将の地位までのぼり、エカチエリーナ二世の即位した一七六二年に退役した。

プーシキンが二度目に追放され又ダンテスとの決闘で死亡したあと葬られたミハエルスコエ村はエリザベス一世の時に下賜された領地であった。

小説の中にある貴族「ガヴリーラ　アファナシェヴィッチ」の娘「ナターリヤ」との婚約にはその下敷があり、ピョートルは彼の元伝令兵（デンチックと言ってピョートルと日常生活をともにし、ピョートルが寝る時は枕がわりになったという）ルミヤンツエフを大貴族のマトヴエーエフの娘と結婚させ貴賤結婚と反対の賤貴結婚を実現させた。（一説にはマトヴエーエフの娘マリアはピョートルの愛人で、彼女の生んだ子はエカチエリーナ二世の大臣になったという。）このような事例が珍奇好みのピョートルの実験としてイヴラヒムにも利用されたと考えられなくもない。

プーシキンの肖像画の大きな知的に開いた情熱的な目とちぢれた毛はイヴラヒムの姿を彷彿とさせ、性格もこの小説に表わされた通り控え目だが、はっとさせるような頭の回転と知性と大胆さを備えていた事は、容易に見てとれる。プーシキンが決闘で死ぬ前後の自若とした運命を従容として受け入れる態度もイヴラヒムの姿と重ね合わせられる。

2　更にピョートル大帝のこと

一六七二年五月三〇日に当時のツァーリ、アレクセイ　ミハイーロヴィッチと二回目の結婚相手、ナターリヤ　ナルシキーナとの間に男子が生まれ、聖書の使徒の名にちなんでピョートルと名づけられた。

アレクセイ　ミハイーロヴィッチ

何処で生まれ、どのような幼少時代を過ごしたかについては、諸説あるがモスクワの郊外コロメンスコエ村だというのが有力な説である。

一九九九年四月末に、ここにも訪ねたがコロメンスコエ宮殿の跡地はモスクワ川の曲折部の丘に今でも残っており、モスクワっ子のピクニックや歴史散策に使われている。

一六七一年に建てられたという宮殿は木造で百年後、エカチエリーナ二世によりこわされた。木造にしてはバス、トイレが完備しており三千もあった窓はマイカ（いわゆる千枚めくりの雲母」

木の宮殿（コロメンスコエ）

製で光を通し、部屋は二七〇室もあって、ここでオーストリヤの使節団や大使がピョートルを見たと記録いている。

定説ではピョートルは大酒飲みの酔っぱらいで、残虐だったということだが、酒飲み癖はピョートルが良好な健康状態だった証しとなるけれども残虐性はどこからでてきたものだろうか。一つは遺伝的な要素でもあり、今一つは環境によるものだろう。

ツアーリの先祖には戦争好きで、息子殺しのイワン雷帝がおり、ピョートル大帝も北方戦争はじめ、数々の戦争に従事し、又息子のアレクセイを殺したという点でも共通点がある。しかし血のつながりはロマノフ家に変わった

ミハイロフョードルヴィッチ

ことでうすくなっており、ロマノフ家の初代のミハイロヴィッチもピョートルの父のアレクセイも両方どちらかと言えばおとなしいツァーリであった。

ただしロシア人の血の中の半分はタタール（蒙古族）の血が流れているという。十二世紀にアジア、ヨーロッパを震え上らせた成吉思汗の後裔だというのである。ピョートルの母方のナルシキン系はタタールの出身だそうだ。

今一つの環境はどうだったのか。ツァーリ　アレクセイはピョートルが四才の一六七六年に死に、このあとアレクセイの最初の妻の実家ミラロフスキー家が政権を握る。まず長男のフヨードルが立ち、フヨードルが一六八二年五月に死ぬと銃士隊の反乱が起こりミラロフスキー系のイワンとナルシキン系のピョートルが共同統治者として立つことになり、摂政にミラロフスキー系でイワンの姉ソフィア（ピョートルの義姉でもある）が立つことになったが、この反乱による血の粛清を十才のピョートルが目のあたりにしている。

銃士隊はフランスのデュマの小説、三銃士で知られるとおり国王直属の近衛兵としての機能を果たし、絶対王制や近代の兵制が確立するとともに一匹狼の集団である銃士隊の存在は周囲からうとまれるようになっていった。ロシアの銃士隊はその創設は漠然とイワン雷帝のオプリーチニクに始まったと考えられる。

黒い装束を着て馬の鞍に犬の頭と箒の印をつけ、イワン雷帝の意向を受けてツアーリに反対する者すべて、貴族ボヤールたちに乱暴狼ぜきを働き、ツアーリの政治目的を達成していた。ピョートルの幼年時代にはそのグロテスクな姿は変わっていたが、無頼漢的要素が変わらないばかりか、いろいろの特権をもち、しかもその数がふえて行きツアーリの手にも負えなくなっていた。

ピョートルの性格の残酷さに再び思いをはせてみる。十才のピョートルが目のあたりにしたのは、銃士隊がクレムリンの中に入ってきて母親ナターリヤの養い親のマトヴエーエフを殺し、又ナターリヤの兄アファナシー　ナルシキインも殺され乱暴狼藉を働いた。

一六八九年に攝政のソフィアが銃士隊と共にピョートルを殺そうとはかるが、ピョートルはうまくトロイツキー僧院に逃げ込んで時を稼いだ。ピョートル側につく者がふえるにつれ十月六日にはついにモクスワに凱旋したのだった。この時十七才のことである。

その後一六九七年ヨーロッパ旅行に出かけた帰途に銃士隊が再び叛乱を起こした。この時はゴードン将軍などの巧みな戦術でいち早く叛乱は鎮圧された。旅行を早めに切りあげたピョートルはソフィアが幽閉されていたモスクワのノボデヴィッチ修道院の前で、それは丁度ソフィアの部屋から見える場所で一九五人の銃士隊を処刑した。昨

ノボデヴィッチ修道院の前

年レーニン国立総合競技場の北にあるノボヴィッチ修道院を見に行った。そこにはプーシキンの詩劇「ボリス　ゴドノフ」の中に出てくる乙女ヶ原があった。

昔このあたりで若い乙女が奴隷商人により人身売買されたところでこの名がつけられたという。僧院の中にはチャイコフスキーが「白鳥の湖」を作る曲想のもととなった池や、まわりにはフルシチョフの墓などがあり幻想と歴史の重みを感じさせる僧院である。

たび重なる銃士隊叛乱の背景はルイ十四世の治世初期の銃士隊の消長過程と似ているが、これに加えロシアでは十七世紀半ばに行われたニコンの宗教革命後のいわゆるラスコールニキ（分離派信徒）運動と少なからず関係がある。当時ニコンの改革に反対してアヴクムのような偉い指導者が出現した。

しかし、体制に順応出来ずロシア北方の森林地帯に逃げ込んだあげく、ツアーリ政府の追跡を受けると教会の中に閉じこもってまま、自ら火をつけて焼身自殺をするなどして抵抗した。

二十世紀初頭、ニコライ二世にとりいったラスプーチンもまた、自らキリストと同じ受難体験をすると自分を鞭打つ鞭身派で、ラスコールニキであった。このような反体制の宗教信仰をもつ信徒が銃士隊の中に多くおり、西欧化を急ぐピョートルとピョートル周辺の文化に強く反発を起こした。前記マトヴーエフの妻、レディハミルトンはスコットランド出身の家系で、ピョートルの母ナターリヤ　ナルシキーナは養女としてマトヴエーエフ家に入り、西欧式教育を受ける事となる。従って当時としては許されなかった宴席へも女性として出席していた。

しかしこのことは伝統的ロシアの習慣では許されていなかった為に当時十九才のナターリヤをこの宴席でピョートルの父アレクセイ帝が見染めるが、花嫁選びには伝統的な集団見合いという形式をとって婚約している。ここらあたり、伝統と西欧の実質主義の違いが十九世紀ロシアでの西欧派やスラヴ派の主張の違いとなる萌芽があったと考えられなくもない。

一六九七年に大使節団を結成してヨーロッパから学び、遅れたロシアを近代化しようとして自ら、オランダ、イギリスなどに船大工として住み込むなどして努力したピョートルには自ら進める近代化に立ちはだかる銃士隊の姿が、幼児期に彼の目前で演じられた銃士隊の横暴な叛乱劇と重なり、彼らに強い憎しみを抱かせたことは容易に想像できることであろう。

ピョートルの憎しみはその後、旧勢力と結びつこうとした息子のアレクセイにも及び、アレクセイは最後にはロシアを逃げだし、亡妻の関係で義兄であるオーストリア、ハプスブルグ家のカール六世の庇護の中に入り込んだ。

政治的には重大事件に発展するという風ではなかったが、ピョートルは強国スエーデンとトルコを抑え覇者として西欧社会の仲間入りをしようとしていただけに大いに面子を潰された思いだったのだろう。ついには息子の死刑宣告を国家的に出さざるを得ない状況に陥ったが、この間息子に協力する勢力を根絶したいと残虐な拷問をペトパブロフスク要塞（ペテルブルグにある）で行った。一七一八のことである。

ピョートルは元来健康な男子だが、緊張し興奮すると顔がひきつり癲癇症をおこすという特異体質の持ち主であったらしい。この治療師としての役割をピョートルの第二の妻、後のエカチエリーナ一世が果たした。彼女はピョートルがあばれ出すとひざ枕であやして興奮を沈めた。

ペテルゴフで皇太子アレクセイ・ペトロヴィチを尋問するピョートル１世

又、トルコとの戦争でワラキヤでトルコ宰相バルタジに包囲された時に自分の宝石を宰相に贈りピョートルの危機を救った。これらの功績を多としピョートルは彼女と結婚した。当時の西欧社会が忌み嫌った貴賤結婚にもかかわらずである。

ピョートルは戦争や慶事のあるごとに乱痴気騒ぎにつながるパレードやパーティーを開いて形式化された信仰や神聖行事を茶化して偽善の仮面をはぎとろうとした。当時で考えれば涜神行為であり、野蛮な行為であった。これらのことを考慮して二十世紀のソヴエト時代に入ってからもピョートルに対し一方では近代化を押し進めた英雄として扱い、他方ではそのバーバリズムを批判する考え方も有力である。

エカチエリーナ二世はピョートルの政策を引きつぐ者として、青銅の騎士像（ピョートルの勇姿）を作り、その偉業をたたえた。また、エルミタージに陳列されてある彼女の胸像はピョートルの雰囲気をかもしだす胸像に作られ、並べて陳列してあり、いかに彼女が権力基盤作りにピョートルを利用しようとしていたかが窺える。かのスターリンさえも自分をピョートルの偉業を継ぐ者として位置づけようとしていた。

ではプーシキン自身はピョートルのことをどのように想い解釈していたのだろうか。彼の作品ではピョートルはこの拙訳の「ピョートル大帝のエチオピア人」と「青銅の騎士」「ポルタヴァ」に出現する。中でも「ピョートル大帝のエチオピア人」での人間像は、はなはだ滋味のある善良かつ人間味のある専制君主として描かれており、あとの二作品ではいささか抽象化されたプラスチックのように無機質なツァーリとして描かれている。

ロシア文学者、蔵原氏の紹介するプーシキンの言葉として「ピョートル大帝の国家制定と彼の臨時の法令との差異は驚くに値する。前者は広大に果たされた善意と聡明な知性の成果であり、後者はしばしば残忍で我儘で鞭によって書かれたように見える。前者は永遠のため、もしくは少なくとも未来のためであり、後者は短期な専制的な地主のところからほとばしり出たものである。」けだし言い得て妙で慧眼というべきである。

おもしろいことに、十九世紀の日本人もピョートルのことを次のように評価している。一つは佐久間象山で明治維新を模索する高杉晋作との問答の中で「ペーテル大帝はみずからオランダに出かけて造船技術を学びそれを自国にもたらすなど旺盛な意欲をもって『頑遇の国』を『名誉の国』に変えたのだ。大名にかぎらぬ。将軍もすべからくこのペートル大帝にならうべきだろう。攘夷などもっての他だ。国を開き新しい西洋の文明を採り入れて日本を『名誉の国』にしなくてはならん。」と述べている（古川薫氏、高杉晋作二一二頁）

今一つは大黒屋光大夫のことを書いた桂川甫周の北槎聞略の中で述べているので紹介すると、「本国の世系は当今より五世の祖、ペートル　ペルヲイといえる中興の祖とす。ペルヲイは第一なり。即ペートル第一世の義なり此の人身の丈七尺二寸（二一五センチ）儀表よのつねにかわり、聡明叡智にして新に制令を立て、風俗、衣服、礼法、言語等までも古俗の質裡よからぬを、変革あらたしめてより、域中大に治り近国多く臣伏せしかば漸々に土地も拡まり国富民安く、国人其恩沢を感佩して今に至るまで此王を以て本国の始祖の如くおもひて、是より以前の事をばいわず、また委敷しいたる人もまれ成よし。光大夫在留のうちも、あれこれと尋ねけれども、

ペートル以前の事はかって詳ならずとなり」（北槎聞略巻之五、桂川周甫著、亀井高孝校訂）

3　プーシキンとデカブリストと女性たち

ネクラーソフの書いたデカヴリストの妻、侯爵婦人ヴォルコンスカヤの中でプーシキンとの青年時代の交友が綴られている。

「……この人とはユルヅフて一緒にくらしたこともある……そのときわたしはもはや十六歳になっていた。（クリミヤの海岸でマリヤが波とたわむれるのを見て）……プーシキンはじっと見ていて……わたしが靴をぬらしたと言って笑った。」（ネクラーソフ作、谷耕平訳、岩波文庫一三三頁以降）

このことについてはプーシキンの「オネーギン」の中にも次のように描写されて

いる。「嵐の迫るあの海辺を私は未だに忘れない。狂暴な波のうねりが後から後から打ち寄せていとおしげに彼女の足に寄り添うさまを、あの時私はどんなに羨んだことだろう。どんなにあの時私は、波にまじって可愛いあの足に口づけしたいと憧れたことか。いや沸きたつ青春の燃える日々にも、あの時ほどのもだえを胸に、うら若いアルミーダの唇や、ばらのように燃える頬や、悩みに満ちたおとめの胸に口づけしたいと憧れたことは、かつて私は一度もなかった。いや、情熱の激発があの時ほど私の心を引き裂いたことは、かつて一度もなかったのだ！」（プーシキン、オネーギン、池田健太郎訳、岩波文庫一八、一九頁）

プーシキンはリツエイ（貴族高等学校）在学中に「自由」「村」などの詩を書いて、時のツアーリ、アレキサンダー一世の不興を蒙りエカチエリノスラフやキシニヨフに転々とする間に病気になり、たまたまキシニヨフに逗留していたラエフスキー将軍一家の看病を受けることになった。次男のニコライ　ラエフスキーとリツエイ時代の学友だった関係も幸いした。マリヤ　ヴオルコンスカヤはニコライの妹で彼等と共に病後黒海沿岸のユルヅフの町で過ごした時のことをネクラーソフが書いている。マリヤ自身はその回想記の中でタンガローグ（アレクサンダ一世の亡くなったところでもある）の海岸近くだったと言っている。一八二〇年のことである。

「オネーギン」の中のタチャーナはプーシキンの知る五、六人の女性をモデルとしていると言われるがこのくだりはマリヤであることは確かである。では「ピョートル大帝のエチオピア人」の伯爵婦人は誰を想定しているのだろうか？トルストイが「アンナカレーニナ」を書いたときにそのヒロインにプーシキンの長女を選んだが、彼女は父母の容姿を受けついで美人だったことが意外な人気を呼ぶ源泉となった。よろめきドラマのヒロインが魅力のない女性では人気の消長に影響するのではなかろうか？

少し脱線したがキシニョフへの流刑、リツエイ時代の友人で二番目の息子ニコライを通じてできたラエフスキー一家との交友関係はデカブリスト（十二月党員）たちとの交流関係を作った。ラエフスキー家の遠縁にあたるウラジーミル　ラエフスキーもデカブリストに共鳴する同志の一人であった。この追放時代に「スペードの女王」のモデルの一人であったペストリや、後にチャイコフスキーの妹が嫁いだウクライナ、カーメンカ、ダヴイドフ家のダヴイドフ兄弟、リツエイ時代のプーシキン、キユウベツケルなどがプーシキンの革新的な詩作のまわりに革命思想をめぐって収斂した。

当時のツアーリ、アレキサンダー一世はナポレオンに対する勝利者ではあったが、「王冠をいただくハムレット」と言われ国際的にはウイーンを中心とする「神聖同盟」を結成し、国内では「聖書協会」を中心とする神秘的宗教的ガイドラインで諸状勢を反動勢力でまとめようとしていた。

皇帝に従ってフランスまで遠征した若い士官たちは革命後の西ヨーロッパでの政治の進歩に驚き同時に農奴制度に基盤を置いたロシアの後進性に気づき始めた。そしてプーシキンの成年期になると、これらの気分は農奴制の廃止と立憲君主制又は共和制の政体への変革を強く志向するようになっていった。

一八二五年十一月十九日にアレクサンダー一世は熱病のために急死した。彼には嫡嗣がなく、すぐ下の弟のコンスタンチンは貴賤結婚をしていたため、当時の法律で即位の資格がなく末弟のニコライが継ぐことになっていたが、あまりにも急な死のためそのことを公表していなかった。ニコライは後にも言われるように残酷無知で、若い士官のあいだでは人気がなかった（トルストイの生涯、ロマンローラン著の中の言葉）

ニコライが即位しようとした一八二五年十二月十四日の月はロシア語でデカーヴリと呼ばれ、この即位の時に元老院前で蜂起した青年士官や彼等をとりまく同調者のことをデカヴリストと呼ぶようになった。

この革命運動はニコライ側の先制攻撃で不発に終り、デカヴリストたちは捕らえられ、一八二六年七月二五日にルイレーエフ、カホフスキー、ペステリ、セルゲイムラヴィヨフ＝アポストル、ペストウージエフ＝リユーミンは絞首刑を執行された。その他多くの人が徒刑、流刑、徴役、降階、転勤などで罰せられたのだが、先に掲げたマリヤの夫ヴオルコンスキーは死等減じられ、シベリヤ徒刑囚の中に入り、マリヤは夫と共にデカヴリストの妻の一人としてネルチンスクの鉱山まで出かけるのである。

プーシキンはこの頃イヴラヒンのもらったミハイロフスコエ村の荘園に居たが知らせを聞いて自分も革命に参加したいと思っていたようである。しかし続いて革命が失敗したと聞いて引き返し、ニコライが事態収拾したあと「皇帝との和解」が起こるまで村に隠忍自重していた。一説によるとプーシキンはデカヴリストたちの急進的な考えには否定的であり、またデカヴリストの首謀者たちも指導の核にはプーシキンを入れていなかったようである。

しかしその後の彼の行動や作品から考えてプーシキンは一貫してデカヴリストたちへのシンパサイザーであったことは間違いない。ただ追放中バイロンに心酔していたことからシェクスピアや後のスコットばりのロマンチストに転向したことから考え合わせると青年から成年になる時期に革命に対する感覚に温度差が生じてきたことが考えられる。

プーシキンを革命的気分に追い込んだ運動の一つにはフリーメーソンの思想があるようだ。フリーメーソンはプーシキンの追放された土地で革命思想家たちの中に入り込んでいた。最初の流刑地のキシニョフの司令官ミハイルオルロフの影響を受けてプーシキンもフリーメーソンの会に出席する。オルロフはデカヴリストの前身「平安同盟」の支部長でプーシキンとは「アルマザス」で知り合いの仲だった。

フリーメーソンの思想がフランス革命と結びついたという説がある。又ウィーンでモーツアルトがフリーメーソンに入会した時の絵が残っている。プーシキンはモーツアルトの気質と才能に近いといわれるがモーツアルトはフリーメーソンに身を近く置きながら、その掟にそむいて秘蹟に使われた音楽を魔笛、レクイエムなどで一般公開したため殺されたとい

モーツアルト

う説もある。プーシキンもその死因に興味をもちモーツアルトとサリエリという散文詩を作り、そこではモーツアルトはサリエリに殺されたことになっている。

デカヴリストの南部結社に属する人たちがフリーメーソンに加入していたことを考えるとフリーメーソンとデカヴリスト運動と何らかの関係がある事も十分に考えられる。

しかしプーシキンの行動は一貫して反体制であった。その後オデッサに追放された時に司令長官のヴオロンツオフの妻エリザベータ　ヴオロンツオーバと仲良くなりヴォロンツオーバはプーシキンの国外逃亡を助けたりしたが、結局ヴオロンツオフの報告やプーシキンの手紙の中でたわむれに無神論をほのめかしたことが開陳され、この事がアレキサンダー一世を刺激して比較的自由だった南部への追放からミハイロフスコエ村へと追放されるに至ったのだった。

このヴオロンツオフ将軍は徹底した体制派であり、スペインの革命家リエゴの処刑に関するプーシキンの風刺詩では皇帝に対するおべっか使いとして表されている。

彼の晩年の姿はトルストイの小説「ハジ　ムラート」にニコライの姿とともに描写されている。

デカヴリスト風の革命劇には熱心にならなかったが流刑になった友人たちやデカヴリストたちには同情的で、当初プーシキンを橋渡しとして当時の知識人と和解をはかろうとしたニコライ一世であったが、次第にその友好的な態度を冷たくして行った。

ナターリヤ　ゴンチャローヴァとの結婚とそれを機縁として宮廷の侍従補という低い地位をあたえられたあげく、妻を社交界に差し出すことになったプーシキンは、そこでダンテスとの恋のさや当てを演じさせられた。ゴンチャローヴァの姉がダンテスと結婚するという茶番劇があってのち、決闘事件でプーシキンが死ぬというくだりはには、その背後にニコライ一世をとりまく保守層の陰謀が感じられてならない。

ダンテスは決闘後ロシアを離れフランスに帰り、政治家となって一八九五年に死んだが一度もプーシキンを殺したことに反省の言葉を述べなかったと伝えられている。

プーシキンは詩や散文の中で表現した反体制ながらロシアに対する新しい息吹きを残したまま死んでいった。しかし、かれの表現法や意思は十九世紀の残りの偉大な作家たちに引きつがれて行く。

4 「ピョートル大帝のエチオピア人」について

この作品は未完ながらも欧米ではよく知られ、翻訳もたくさんでている。日本語の表題でもっともポピュラーなものは「ピョートル大帝の黒奴」であるが黒奴はニグロの響きがあり、小生の滞在したアメリカでは軽蔑語である。日本のような単一民族の国では、これでも構わないだろうがあえて意識した。

エチオピア人は古代のアビシニヤ人で、これも古代エジプト文明とも深いかかわりをもっている高貴な民族。又、イヴラーヒン（ハンニバル）も王族の一人だということがわかっているので蔑視語は小説の雰囲気にふさわしくないと考えた。

原本は一九七八年発行のプーシキン撰集の二巻目を用いたが、英訳本も参考にした。中でもウオルター　アーント氏の翻訳はすばらしいと思った。

ピョートル大帝のエチオピア人

アレキサンダー・プーシキン 著

安井祥祐《やすいしょうすけ》◎訳

明窓出版

平成十三年五月二十五日初版発行
発行者――増本　利博
発行所――明窓出版株式会社
〒一六四―〇〇一二
東京都中野区本町六―二七―一三
電話　(〇三)三三八〇―八三〇三
ＦＡＸ　(〇三)三三八〇―六四二四
振替　〇〇一六〇―一―一九二七六六
印刷所――モリモト印刷株式会社
落丁・乱丁はお取り替えいたします。
定価はカバーに表示してあります。

ISBN4-89634-070-1

ホームページ http://meisou.com　Eメール meisou@meisou.com

欠けない月

風見　遼

彼女は、正しく道を踏みはずしたのかもしれない……。

信仰とは何か。本書は、真正面からそれを問い、それに対するひとつの答えを提示した意欲的な小説です。

日本という風土には宗教が根付かない、と巷間言われ続けてきました。果たしてそれは正しい言説なのか。それが正しいとして、では95年に新興宗教が引き起こした事件を始め、現在も世上を騒がす信仰の問題をどう捉えるべきなのか。

新興宗教と呼ばれるもののなかには、非難・糾弾されるべき教団も数多く存在します。にもかかわらず、いまも新興宗教に入信しようとする人たちが、若者を中心として、あとを絶ちません。そうした信仰へと走る人たちの流れを止める、説得力のある言説が、これまで存在したようには思われません。彼らの入信に対して、「選ぶ道をあやまったのだ」「愚かであるにすぎない」などという頭ごなしの非難だけが、上滑り的に先行しているのが、実状のように見えます。これほどまでに新興宗教が批判され嫌悪されるなか、なぜ彼らはあえて信仰の道を選び、そこにとどまろうとするのか。それに真正面から答えた創作が、95年以降存在したでしょうか。

本体価格　一三〇〇円